L'HOMME QUI VOULAIT ÊTRE MILLIONNAIRE

"Écrire comme une urgence, pour témoigner, pour restituer la réalité".

Simone de Beauvoir.

Pour ANNA

URGENCES

Ils sont entrés dans le bar avec la mine de ceux qui craignent le pire. Ils m'ont parlé le plus normalement possible, puis m'ont conduit gentiment à l'entrée en me tenant par le bras, avant de me pousser violemment à l'arrière de la voiture qui attendait garée devant, moteur allumé. Claquements de portes. Précipitation. Mon ami reste à mon côté pour s'assurer que je ne cherche pas à m'échapper. Mon amie conduit, c'est son rôle. Sur le siège de droite se trouve ma compagne qui se retourne toutes les deux secondes comme pour vérifier que je suis toujours là. Il fallait faire quelque chose. Il le fallait. Je décide de ne rien tenter, de leur faire plaisir, de bien me comporter. Ils semblent tellement soucieux. Soucieux pour moi. Je m'inquiète pour eux, comment en sont-ils arrivés au point de décider de me kidnapper ? Un bref trajet parcouru à toute allure. Une porte s'ouvre pour me laisser sortir, on me tient toujours par le bras pour ne pas me perdre. Un regard autour de moi, je suis aux urgences.

Je souris. Je ne suis jamais allé aux urgences, enfin jamais en tant que patient, c'est une nouvelle expérience pour moi. Je vis une expérience de plus, ces derniers jours en ont été emplis. Un autre regard autour de moi, je suis le seul à sourire. Il se passe quelque chose. On m'emmène.

Le docteur assis maintenant en face de moi a du mal à me gérer, un malaise s'installe, un de plus. Toujours dans l'état d'hypersensibilité qui a caractérisé ces dernières soixante-douze heures, je ressens le malaise et m'amuse à déstabiliser un peu plus le docteur en lui posant des questions qui le laissent tremblant et qui lui rendent difficile de comprendre ce qu'il se passe. Pour rajouter de la confusion, je me lève, je suis de toute façon incontrôlable, tout puissant, vais jusqu'à un petit lavabo situé dans la pièce, me passe de l'eau sur le visage et me rassois après avoir aspergé la salle vaguement. Une façon de montrer que je suis encore en contrôle de mon destin, que je peux faire ce que je veux au moment où je le décide. Je suis fatigué. Ces derniers jours ont réellement été épuisants. Avec un peu de chance on va m'offrir un peu de repos.

Au stress ambiant, se rajoute la venue de la Guardia Civil qui repart presque aussitôt après quelques questions au docteur. Tout doit être apparemment sous contrôle. Les apparences sont parfois trompeuses. Qui l'a appelé ? Que se passe-t-il ? Qu'ai-je fait ? Pas le temps de chercher à comprendre. De toute façon, certainement rien de grave vu qu'elle est repartie sans m'emmener. Le docteur qui, à force d'entendre tout le monde le lui répéter, se décide enfin à agir, m'explique alors qu'il va devoir me faire cinq injections. Cocktail explosif à base de Valium et autres calmants capables de venir à bout du plus coriace des forcenés. De venir à bout de moi. Quelques-unes dans le bras, d'autres sur les fesses. Moi, j'explique calmement qu'à choisir je préfèrerais tout dans le bras. Généralement cela ne se fait pas, mais le cas est apparemment particulier. Le docteur s'exécute fébrilement. Je crie un peu mais fort, la douleur n'est pas insupportable mais je sais que cela fait son effet. Effectivement, tous les visages dans la salle sont crispés, tendus. Celui du docteur, de son assistante et même celui de ma compagne pourtant contente de voir les seringues se succéder et mettre fin à son calvaire.

Mes amis, restés en dehors de la pièce, m'entendent et souffrent à travers la porte. Je le sais, je le sens. L'inconnu effraie toujours plus que ce que l'on voit. Tous semblent ressentir ma douleur. Partage de vibrations par conduction mentale, pour moi un classique des derniers jours. Tension générale, la même que celle ressentie lorsqu'une aiguille vous perce le bras pour introduire dans votre corps un étrange liquide semi-opaque. J'observe, ne dis rien, ne bouge pas pour laisser le docteur faire son office.

L'effet du cocktail ne tarde pas à se faire sentir. Je commence à voir trouble. Un brancard arrive. Juste à temps pour me recevoir. J'utilise le peu de lucidité qu'il me reste pour regarder autour de moi. La tête maintenant allongée, sur le trajet qui mène à l'ambulance, je croise le visage de mes amis qui sèchent une larme. Dans les regards et dans les mots lâchés au passage je perçois le sentiment qu'ils ont d'avoir fait le bon choix. Courage ! Quel courage faut-il pour se laisser guider, complètement shooté, pour son propre bien ? Les visages familiers laissent peu à peu la place à des silhouettes mal définies avant de disparaitre dans les limbes. Ambulance. Sirène.

Je n'entends rien depuis longtemps, la drogue à fait son effet rapidement. La dose y est sûrement pour quelque chose, une dose de cheval, comme pour être sûr de ne pas me manquer. Balles doum-doum pour chasser le lapin, un vrai massacre. Un véritable succès. Dans la précipitation, personne ne m'a demandé si j'étais allergique à l'un des produits injectés, prise de risque du corps médical absolument dépassé par les évènements. L'urgence justifie les moyens.

Maintenant que le calme est revenu, que je dors, tout le monde peut se relâcher un peu. On se prend par la main, on se serre dans les bras, on essuie ses larmes. Maintenant tout ira bien. Tout ira bien se répètent-ils comme pour se rassurer. Quel stress ! ! Qu'est-ce qui lui a pris ? Pourquoi était-il méconnaissable depuis quelques jours ? Pourquoi paraissait-il incontrôlable ? Pourquoi faisait-il si peur ? Mauvaises vibrations. C'est passé. On se tranquillise. Les tranquillisants ont tranquillisé tout le monde semble-t-il. Ravivant la tension récente, l'ambulance disparait dans la nuit et emporte dans un bruit de sirènes le monstre endormi.

KILL BILL

Hôpital de Denia, urgences. J'ai perdu la notion du temps lorsque je recouvre mes esprits. Depuis mon lit, dans une grande salle blanche, j'observe lentement le va-et-vient des infirmières. Face à moi, un comptoir d'accueil avec quelques notes sur les murs, sur les côtés, d'autres endormis. Le dessin d'un bateau qui sombre collé sur le mur face à moi me fait sourire, métaphore du système hospitalier, de la société ou de ma propre vie.

Dans mon demi-réveil, une envie naturelle et pressante s'empare de moi. Je tente de bafouiller quelques mots à l'infirmière passant à mon côté : je veux aller aux toilettes. L'effet de la drogue médicalisée est encore bien présent dans mes veines, j'ai du mal à m'exprimer clairement. On m'explique que le flacon en forme de haricot qui est déposé à mon côté est censé me servir de toilettes. Bien sûr, là, au milieu de la salle emplie de monde, je vais uriner dans un bocal ! C'est mal me connaître. Je me refuse d'accepter ça. Je décide alors de me lever.

Les toilettes sont situées à quelques mètres en face de moi, à gauche du comptoir d'accueil, je devrais pouvoir y parvenir. Je me rends compte alors que je suis entravé et qu'il m'est difficile de me déplacer ainsi. Une perfusion, une pastille sur le coeur et une pince attachée à mon majeur droit et raccordée à un moniteur m'empêchent de me mouvoir à ma guise. À cela s'ajoute les infirmières qui ont refusé mes demandes réitérées de me lever.. Qu'à cela ne tienne, je le ferai tout seul. Je me rappelle cette scène de Kill Bill dans laquelle Uma Thurman s'échappe d'un hôpital grâce à un effort surhumain et recouvre peu à peu l'usage de ses membres avant de s'enfuir. Pour moi, pas besoin de violence, il suffit de débrancher discrètement et sans me faire prendre par les infirmières ce qui me retient sur ce lit et la voie vers les toilettes sera dégagée, le jeu en vaut la chandelle. À moitié inconscient tout de même, je commence par retirer ma perfusion. Parfait, personne n'a rien vu. Le scotch fort qui maintenait la perfusion ne m'a fait aucun effet en s'arrachant, preuve que le cocktail du docteur était bon. Je procède de même avec le patch collé sur mon coeur, tout doucement. Tout semble bien se passer lorsque je me rends compte que mes jambes, vu mon état semi comateux, risquent de ne pas me porter. Qu'à cela ne tienne, Uma l'a fait, je le ferai.

J'en étais à ce point de réflexion quand, coïncidence de la Vie ou Providence, au moment même où je viens d'ôter la pince qui me serrait le majeur, ma compagne apparait dans la salle et se dirige vers mon lit. Son visage est plus souriant que la veille, elle semble tranquille de me voir ici, aux urgences. Elle s'enquiert de mon état. Je veux aller aux toilettes. Elle m'aidera, naturellement, pas de problème. Tout semble d'un seul coup si facile. Mais pourquoi suis-je déconnecté ? Je ne peux pas faire ça ! Je l'ai fait. J'ai vraiment une forte envie, pas le temps d'expliquer. Il faut parfois savoir comprendre qu'il y a des choses importantes sur lesquelles il est difficile de transiger. Mon intimité en est une. Même si je suis prêt à accepter sans créer de problèmes - au grand soulagement de ma compagne, de mes amis et du corps médical – qu'on se permette de me bourrer le corps de substances étrangères en me demandant à peine mon autorisation et sans aucune précaution, je n'accepte pas d'uriner en public comme un chien sur un banc sous prétexte que, vu mon état, je ne suis pas en mesure de me lever. Je ne suis pas exhibitionniste, ça m'aurait peut-être aidé. L'aide providentielle qui vient d'arriver me soulage. En quelques pas hésitants, appuyé sur l'épaule de ma compagne, nous traversons la salle sans que les infirmières ne prêtent attention à ce qu'il se passe. Mission accomplie. Si simple, parfois si compliquée. Au retour, personne ne bronche. Personne ne semble s'être aperçu de ce qu'il se passait. Invisible, je pourrais tenter de partir, j'y songe un instant. M'échapper, retrouver ma liberté après ces quelques jours. Après tout, personne ne se préoccupe de moi, pas les infirmières en tout cas. Mais difficile d'aller loin dans mon état de toute façon, et puis ma compagne est là qui ne me laisserait pas faire, alors je choisis de me rallonger. Le temps passe, je reste allongé, bafouillant avec ma compagne, toujours débranché.

Soudain, visite médicale, un docteur ou infirmier, enfin quelqu'un du corps médical parle avec ma compagne. Conclusion. On me demande si je veux bien être transféré à l'hôpital Santa Faz d'Alicante. On m'explique que vu mon état, c'est la meilleure option pour moi. Je me sens bien. Bien sûr, je fais abstraction de l'effet carrément soporifique de la drogue qu'on m'a infligée et du refus réitéré des infirmières de me laisser uriner décemment. J'accepte la proposition sans sourciller. C'est clair, un peu de repos me fera du bien. J'ai mal aux jambes, trop marché ces derniers jours, trop d'énergie dépensée, trop d'expériences passées. Un brancard ne se fait pas attendre. Sortie par la porte d'entrée des urgences, sens inverse de la veille au soir, cette fois-ci à moitié conscient et à mi-journée. Ambulance.

Sur le trajet pour Alicante, je m'amuse à imaginer à quel point du trajet je me trouve en fonction des mouvements de l'ambulance. En fonction du temps passé, je me demande à quel moment je passerai à la hauteur de Calpe, mon village d'adoption depuis sept ans déjà. Ça m'occupe. Ça balance, ça avance à bon train mais en silence. Pas de sirène pour l'occasion, il n'y a plus d'urgences, laissées derrière à Denia.

L'urgence elle-même, la vraie, a disparu dès la première piqûre de Valium. La veille au soir, quand tout le monde a pu commencer à respirer. Quand tout était enfin sous contrôle. L'important est d'arriver à l'hôpital, la meilleure option pour moi. La seule a-t-on oublié de me préciser. Je sais très bien qu'on ne va pas me laisser sortir aussi facilement. Après tout je suis là pour une bonne raison, je suis là pour mon propre bien. Qui l'a décidé ? Moi ? Non. Ce sont ma compagne et mes amis, des gens qui m'aiment beaucoup. Trop ? Non, on n'aime jamais assez. L'amour justifie les moyens. Est-ce une raison suffisante pour en arriver à de tels extrêmes ? Je me résous à accepter que oui et me prépare à continuer de vivre cette nouvelle expérience.

SANTA FAZ

Hôpital psychiatrique de Santa Faz, Alicante. Au bureau des entrées on me demande pourquoi je suis là. Je réponds en souriant : parce que l'ambulance vient de m'amener. Ne pas perdre le sens de l'humour même dans l'adversité, même drogué.

Face au sérieux ambiant, je me reprends et explique tant bien que mal que je viens de connaitre une période de fort stress dans le cadre de mon travail et que j'en ai perdu le sommeil et l'appétit. Que depuis deux ou trois jours je reconnais que je ne me comporte pas normalement, mais que je me sens bien quoiqu'assez fatigué.

Trente mille euros de crédit sur le dos afin de pouvoir réformer complètement mon système de production pour le faire passer d'analogique à numérique. J'ai un studio photo. S'adapter ou mourir. Une équipe de photographes de plage qui n'est pas formée. Un système nouveau dont je ne sais pas s'il va fonctionner. Le stress généré était important. J'ai craqué. Qui n'aurait pas ?

Par chance, j'ai craqué au bon moment. Le système semble fonctionner, ma responsable est plus que capable d'assurer la transition et il semble que l'équipe pour l'été devrait se former. Je pense qu'effectivement quelques jours de repos sans me stresser davantage pour l'avenir de mon affaire pourraient me faire du bien. Cela tombe bien, on m'a amené ici pour ça. Que je ne m'inquiète pas, tout ira bien. Je ne m'inquiète pas.

Mon admission réussie on me fait monter au premier étage. Pastilles de bienvenue avec un verre d'eau. Après le cocktail du docteur de Calpe je suis prêt à absorber n'importe quoi. J'absorbe d'ailleurs n'importe quoi sans rechigner. On m'alloue une chambre, me donne un pyjama de flanelle. Mon uniforme pour mon séjour ici. Pyjama enfilé, je suis prêt à être un de plus parmi les déprimés chroniques, les drogués et les agressifs sous-tutelle. Il y a cinq chambres de deux personnes. Une cage vitrée où les infirmiers se protègent pour distribuer les médicaments aux heures fixées à leurs patients spéciaux. Le temps passe lentement mais passe, il est l'heure d'aller se coucher. Demain sera un autre jour.

Le lendemain, en passant devant une chambre j'aperçois un homme attaché pieds et mains sur son lit. Je demande à un infirmier le pourquoi de la chose. Il m'explique brièvement qu'il est arrivé là l'avant-veille dans un état digne d'un forcené et qu'ils ont été obligé de l'attacher pour éviter les problèmes, que c'est un violent. Je souris. J'ai au moins évité ça ! Je ne sais pas si je supporterais d'être attaché de la sorte. Qui sait ? Ce n'est d'ailleurs pas la peine, il faut dire que je ne me suis pas trop défendu ni déchainé depuis qu'on m'a poussé dans la voiture. J'aurais pu, je ne l'ai pas voulu, je savais inconsciemment qu'il fallait que ça s'arrête. J'avoue que ça doit être une expérience un peu spéciale, d'être entravé comme un fou. Attaché à un lit. Pas pour moi, merci.

J'entre par curiosité dans la chambre voir le forcené. Une conversation s'engage. Il est physiothérapeute, il a craqué nerveusement. Il explique calmement qu'il a été obligé de s'énerver parce que personne ne l'écoutait. Il reconnait qu'il s'est mis dans un sale état, qu'il a été difficile de le contrôler. Vu sa corpulence, j'imagine aisément la scène. Forcené, il doit faire peur. Autant que moi avant mon passage aux urgences ? Etais-je réellement si inquiétant ? Attaché et sous médicaments, il est plutôt sympathique. L'émotion de le voir attaché ainsi s'estompe peu à peu. Finalement, ce doit être pour son bien, et celui des autres. Pour tous ici, c'est la même chose en fin de compte. La discussion sur son travail, très proche de celui de ma compagne -elle même ostéopathe- nous amène à parler de douleurs. Je lui avoue que j'ai un mal aux jambes terrible. Ces derniers jours je n'ai cessé de marcher, ma voiture étant à la fourrière, et j'ai peu dormi. J'hallucine quand le forcené-physiothérapeute me dit de mettre ma jambe sur son lit afin qu'il puisse me faire un massage. Ça me remettra d'aplomb, je verrai. Je refuse d'abord face à l'incongruité de la situation. Comment un homme attaché pieds et mains sur son lit peut-il proposer de faire un massage à un inconnu ? Histoire de fou. Mais je sens que la proposition est sérieuse et m'exécute afin de ne pas blesser mon nouvel ami déjà suffisamment humilié. En se déplaçant sur le côté le forcené parvient à joindre ses mains et enserrer ma jambe de ses grandes mains. Le massage est fort mais fait du bien. Je reconnais là le professionnel. Une jambe, puis l'autre. Que faire ? Une histoire de fou chez les fous, quelque chose de normal en quelque sorte. Scène irréaliste mais réelle. Je n'ai pas besoin de me pincer, je sais que je n'ai pas rêvé.

Agitation dans la cage, à l'extérieur de la chambre. Il est l'heure d'aller manger. Tout un rituel. La petite équipe de drogués médicalement se dirige vers l'ascenseur, seul accès apparent à l'étage. Il fonctionne à clé. Deux infirmiers garde-chiourmes comptent leur bétail. Je m'intègre sans rechigner au groupe. Tout le monde y est, sept patients, on peut descendre. La salle à manger est un petit réfectoire. Quelques tables en formica, des chaises. Les patients s'assoient par affinité. Je n'en ai pas, je viens d'arriver. Je m'assois simplement face à un endormi qui me sourit vaguement. C'est le matin, ou peut-être l'après-midi. Ça fait longtemps que les médicaments m'ont fait perdre la notion du temps. Au menu horchata (spécialité valencienne) et pain brioché sont à l'honneur. Le mélange des saveurs me plait. Peu de conversations, tout le monde est dans son monde, dans les vapes plus précisément. Goûter fini, tout le petit monde remonte dans l'ascenseur. On recompte jusqu'à sept pour s'assurer que l'on n'oublie personne et on remonte d'un tour de clé. Même cinéma pour le diner et les repas de midi. Mêmes rituels, même têtes, mêmes conversations.

Quelques fois par jour, tout le monde fait la queue à l'appel des infirmiers pour prendre ses pastilles. Chacun les siennes, service personnalisé, cinq étoiles. Ce que chacun a de différent aussi c'est le pyjama. Le matin c'est la douche. Tout le monde doit laisser son pyjama dans un panier, se doucher et s'en confectionner un en piochant dans deux paniers, un pour la veste, un autre pour le pantalon. Je m'amuse de voir qu'il est impossible de faire coïncider le haut et le bas. C'est fou ! Bienvenue chez les fous… Quelle importance, d'ailleurs ? Quelle importance...

Les jours passent, quelques visites se succèdent. La famille, les amis. Qui est venu, quand, avec qui ? Impossible de m'en souvenir vraiment, les pastilles font malgré tout leur effet. Cela semble rassurer tout le monde que je sois ici. On me voit plus tranquille, je les sens plus tranquilles. Normal. Quelqu'un veut-il tester mes pastilles ? Dommage, c'est une réelle expérience. Oui, tout se passe bien, comment pourrait-il en être autrement, il ne se passe rien. Quelques rituels, histoire de nourriture parfois, mais rien de plus. La plupart des patients sont tellement sous cachets que les conversations sont courtes et parfois incompréhensibles. Rien de vraiment intéressant à raconter. Celui-ci est déprimé jusqu'à la moelle, celui-là a apparemment abusé de la drogue, un autre n'accepte pas sa mise sous tutelle demandée par sa propre soeur. Le physiothérapeute détaché peut enfin partager des moments avec les autres dans la cour. Rien à signaler, il n'a agressé personne jusqu'à présent, il serait presque sympathique.

La cour est une sorte de patio fermé de quinze mètres carrés avec deux tables et quelques chaises où l'on se retrouve pour faire quelque chose, pour être ailleurs que dans nos chambres. La lumière naturelle qui illumine la cour intérieure donne le sentiment d'être dehors. Je m'ennuie. J'ai vite fait le tour de mes collègues. Même si l'arrivée d'un grand-père qui a fait une tentative de suicide la veille au soir apporte un élément nouveau, je m'ennuie. Même si l'un des patients qui semble avoir perdu la raison et invente sur la table de la cour un jeu de carte sans logique ni règles, je m'ennuie. Rien à faire ici.

Je note que certains peuvent se promener dehors. Je demande si je pourrais aussi, on me répond que non. Je n'insiste pas, je n'en suis pas en mesure. Ce doit être également pour mon bien. Auraient-ils peur que je m'échappe ? C'est une option à laquelle je n'avais pas pensé. C'est dommage, j'aurais bien aimé respirer l'air de l'extérieur, une façon de moins me sentir en prison, entouré d'étrangers avec qui la seule chose que je suis sûr d'avoir en commun est l'utilisation de l'ascenseur.

Trois ou quatre jours sont passés sûrement, la fatigue est passée à force de dormir et de ne rien faire. De temps en temps, j'ai un entretien avec les docteurs. On me demande encore de raconter pourquoi je suis là. Je raconte la même histoire, invariablement. Je parle du stress, des jours sans sommeil, de mes expériences, de mes amis qui m'amènent aux urgences, de tout ça. Ça doit sembler cohérent, c'est toujours la même. Que dire de plus ? Ce matin j'ai vu mon docteur. Tout va bien. Même histoire de toujours. Tout semble aller bien. Ascenseur. Je remonte dans ma cage. Je me demande jusqu'à quand.

Cinq jours me dit-on que je suis enfermé et médicalisé, et malgré les pastilles, je commence à reprendre mes esprits. Une visite vient égayer mon quotidien : ma compagne, mon oncle et ma tante. Je profite de la réunion familiale pour annoncer que j'ai vu mon docteur le matin même, que tout semble aller bien et que j'ai décidé de sortir le jour même. Je vais sortir. Grande stupéfaction de mes visiteurs. Impossible ! ! Rien n'est impossible.

Je demande que l'on appelle l'infirmier. Il arrive, je lui fais ma requête. L'infirmier me répond que c'est impossible au grand soulagement de l'assistance. Je demande alors de téléphoner à mon docteur qui n'est pas là, selon l'infirmier, pour avoir son avis. Pendant que l'infirmier retourne téléphoner à la doctoresse, je menace ma compagne en souriant de simuler une crise aigüe de folie le soir même si je ne sortais pas. Je pense le faire. Je suis sérieux. Que faire ici quand je sais qu'à deux pas de cet hôpital il existe un asile psychiatrique avec des cas certainement plus intéressants que les quatre déprimés de mon étage ? Certainement qu'une crise bien imitée de démence ou l'organisation d'une zizanie généralisée devrait faire l'affaire pour m'offrir une place chez les vrais fous. Attention, là-bas, les visites doivent être très limitées. Envoi de vibration de peur. Regardez-moi bien, la prochaine fois sera peut-être dans des mois. C'est un chantage ! ! Oui et alors ? Quelqu'un veut prendre ma place, choisir son pyjama, monter et descendre en groupe, ne pas sortir, discuter avec des zombies, prendre mes pastilles ? Personne. C'est mieux pour eux, franchement lassant.

Ma compagne m'explique qu'étant donné que je ne suis pas entré de façon volontaire, qu'étant donné que c'est elle qui m'a fait entrer, il va m'être difficile de sortir aussi facilement. Souhaite-t-elle que j'y reste ? Non, ce n'est pas ce qu'elle voulait dire. L'infirmier revient avec un papier. Il a parlé avec la doctoresse, je peux sortir si je le souhaite, je n'ai qu'à signer le papier qu'il me tend. Etant donné que je suis entré de façon volontaire, je peux sortir quand je le veux. Stupéfaction générale. À mon souvenir, quelqu'un m'a demandé si je souhaitais venir à cet hôpital et j'ai donné mon accord. J'ai accepté en sachant pertinemment que j'avais besoin de repos, en sachant que ma compagne, ma famille et mes amis avaient besoin d'une pause. En acceptant l'idée de mettre un terme à la spirale destructrice dans laquelle je me trouvais. Je récupère mes affaires, salue mes compagnons de cellule qui me regardent d'un air dépité et sors en souriant.

Retour d'Alicante vers Calpe en voiture, cette fois la radio remplace la sirène. Je suis reposé. Je souris. Tout le monde sourit, je suis calme, il semble que l'on m'a récupéré. La vie va pouvoir reprendre son cours normal. Ou presque.

UNE VIE NORMALE

Une vie normale. J'ai une vie normale. J'habite une petite ville de la Communauté Valencienne en Espagne : Calpe. C'est un bourg de 25 000 habitants situé en bord de mer où il fait bon vivre. C'est l'endroit où je venais en vacances étant jeune et où j'ai décidé de m'installer. J'y travaille comme photographe. J'y ai créé voilà déjà sept ans, un studio de reportages qui marche plutôt bien. C'est un travail que je connais bien pour l'avoir fait durant des années, en France. Je travaille essentiellement la saison d'été et profite généralement de l'hiver pour voyager. Cette année j'ai décidé de moderniser mon système de production, de passer de l'analogique au numérique, un grand défi. Un risque important pour moi, financier et économique. J'ai quelques difficultés pour trouver une équipe, je ne suis pas à l'aise. Bref c'est le stress.

Je vis avec ma compagne qui est anglaise et qui un jour sera surement ma femme. Elle m'aime, je l'aime. Nous sommes heureux. Nous avons une vie sociale. Nous vivons dans un appartement coquet du centre-ville qui appartient à ma mère. Une Alfa Romeo et un scooter sont dans le garage. Bref, la vie est confortable, agréable. Nous sommes en bonne santé. Rien ne semble pouvoir nous arriver, m'arriver. La vie est belle.

Et pourtant ce jour-là après trois jours de crise intense dont je me souviens de peu de choses réellement, ma compagne et mes amis ont pris la décision de m'envoyer aux urgences...Il le fallait.

LE DIAGNOSTIC

Clinique privée de Neurosciences d'Alicante. Ils m'ont fait un bilan de santé complet, scanner du cerveau inclus, rien trouvé. Rien.

Ils se sont alors rabattus sur l'étude de mon comportement, de mes actes passés, de mes moments de crise, pour tenter d'expliquer quelque chose.

Le diagnostic est tombé dans le vide, je ne savais pas de quoi me parlait l'éminent neurologue, jamais entendu parler : vous êtes Bipolaire. Bipolaire...

Bipolaire ?! Visite rapide dans le Larousse en rentrant à la maison, définition du trouble Bipolaire : "Alternance de crises d'excitation (manie) et d'épisodes dépressifs pouvant aller jusqu'à la mélancolie. Le sujet passe périodiquement par des crises de manie (épisode d'excitation psychique et physique, avec des projets désadaptés) ou de mélancolie (dépression grave), entrecoupées de phases de normalité avec reprise des relations et activités habituelles. L'accès se traduit à la fois sur les plans psychique et physique : humeur triste ou euphorique, idées délirantes, troubles du comportement alimentaire et du poids, insomnie et, surtout, tendance suicidaire en phase mélancolique."

Maintenant je comprends mieux. Et puis le diagnostic est là qui m'éclaire sur ce qui m'est arrivé : j'ai donc connu un trouble bipolaire. J'avoue que je ne me reconnais qu'à moitié dans cette définition, je ne suis jamais déprimé. Serais-je "monopolaire" ?! Un moindre mal toute somme faite. Pas de risque de suicide, c'est déjà ça !

Autour de moi on me dit que c'est quand même préoccupant, voire inquiétant, de voir jusqu'où l'esprit humain peut aller. Jusqu'à quels extrêmes ma crise a pu me mener, que je deviens méconnaissable, franchement inquiétant.

Moi j'ai vécu ma crise de l'intérieur, je connais maintenant les sensations provoquées par mes manies, par l'euphorie. J'aime. En dépit de tout, en dépit de la réaction de mes proches, de mes amis, en dépit de la peur et des craintes infligées, j'aime. J'aime mais sais parfaitement que j'ai eu la chance d'avoir quelqu'un pour m'empêcher de me détruire en voulant suivre mes idées délirantes, en voulant essayer de vivre trop intensément. Mais j'aime car je me sens puissant lors de la crise, comme porté. Tout s'accélère, j'accélère. Tout semble devenir possible, tout est possible, maintenant. Je me sens Dieu, tout puissant. Imparable. Les rêves deviennent réalité, rien ne s'y oppose, tout est fluide. Le temps n'existe plus, le temps c'est maintenant. Le pouvoir de l'instant présent est à son paroxysme. Je deviens hypersensible à la vie, aux gens, à tout ce qui m'entoure. Je lis les gens, leurs pensées, leurs craintes ou du moins je le crois. J'anticipe leurs actions, devine leurs pensées. Je délire. Hypersensible, la musique bien syntonisée me donne la chair de poule, je la sens vibrer en moi. Vibration qui m'emplit le cœur de bonheur, d'euphorie. Tout prend un sens, tout, chaque mot chaque parole. Hypersensible, j'en deviens inquiétant.

En crise, je me sens plein de puissance, rapide, il me semble avoir le contrôle mais vient un stade où je sais pertinemment que je le perds. Je le vois dans le regard des autres. Dans leur regard apeuré, je vois que je les perds. Je le vois mais ne fais rien, plus rien n'a d'importance. Je perds le contrôle de ma propre vie, de mes émotions. Lentement mais sûrement. La puissance sans contrôle conduit dans le mur, la crise à l'hôpital. Immergé dans mon monde, je ne vois pas venir la crise, moi, je me sens juste bien. Ce sont les autres qui notent mon changement de comportement. Soudainement, je me mets à parler de plus en plus, le rythme de chacun de mes gestes s'accélère, mon pouls bat plus vite. Symptômes irréfutables d'une phase d'euphorie. Euphorique, je me sens bien, je me sens libre. Non de faire n'importe quoi et de nuire à autrui, ce n'est pas mon caractère, mais libre de vivre l'instant présent, de me laisser porter par la vie en oubliant les contraintes sociales et celles du quotidien. Euphorique, je deviens incontrôlable. Impossible de me ramener à la raison, impossible que faire que je retourne à la maison. Comment contrôler quelqu'un qui goûte au fruit de la liberté, de l'irresponsabilité temporaire ? Je me sens vivant, plein d'énergie. Je sens que rien ne peut m'arrêter, je me sens inspiré, plein de vie, je jouis de ma liberté pleinement en faisant tout simplement à chaque instant ce que m'inspire la vie. Je me sens comme un millionnaire...sans l'être. J'ai des projets, de grands projets qui me rendront justement millionnaire. Je vais gagner un million d'euros, c'est sûr, c'est pour bientôt. J'en parle, beaucoup, mes amis s'inquiètent. Ils ne peuvent pas comprendre. Déjà riche en pensée, je me fais plaisir en dépensant de l'argent, beaucoup d'argent, sans compter, j'achète tout ce que m'inspirent les vitrines. Pour moi, pour les autres. En pleine crise, mon pouvoir d'achat est infini, ma carte bleue illimitée. Hors limite, je suis hors limite, durant un temps limité, lui. À un autre moment je laisse ma voiture mal garée au milieu de la route et m'assois pour parler avec des inconnus. Simplement, sans raison, je suis sociable. Rien ne me fatigue. Je ne dors pas ou quasiment pas. Pas sommeil. Pas besoin, trop de choses à faire, trop de grands projets, pas le temps. Je ne mange pas. Pas faim. Bref, je me laisse porter par le vent sans souci du qu'en dira-t-on, sans souci des réalités. Mais les gens parlent, mon comportement qui rompt toutes les règles sociales agace, préoccupe, inquiète. Je préoccupe les gens qui sont amenés à me côtoyer, j'inquiète ma famille, mes amis. La tension augmente avec le temps. En crise, je semble pris dans une spirale d'où personne ne peut me faire sortir. On me parle, on s´émeut, on s'énerve, on s'exaspère. Je provoque, débats, argumente, démonte les raisonnements. Je suis dans mon monde, totalement imperméable aux autres. On tente tout pour me faire réagir, pour me faire revenir à moi. Revenir à qui je suis normalement, pour me faire redevenir normal.

Et puis un jour, on décide qu'il faut employer les grands moyens, qu'il faut agir et me sortir de ce bar. Direction les urgences. Merci.

ZAGALETA

Je suis bipolaire depuis des années maintenant mais je me soigne. Deux pastilles quotidiennes de Théralite (lithium) et une d'Abilify le soir avant de me coucher et tout se passe sans problème. Bien sûr je vois ma psychiatre régulièrement mais plus par courtoisie que par réelle nécessité. Nous parlons un peu, je lui raconte ma vie, elle me renouvelle une ordonnance pour quelques mois de plus et l'on se quitte. Je me rappelle l'époque où j'avais mes crises et finissais aux urgences comme d'un souvenir lointain. Cela m'a pris du temps avant que j'accepte ma maladie, qu'il fallait me soigner. Plusieurs séjours aux urgences et des expériences incroyables sont parvenus à me raisonner. L'amour aussi. Je suis maintenant stabilisé. Ma femme le sait, mes amis et ma famille aussi. Tout le monde respire, tout le monde est tranquille. Ils peuvent être tranquilles, il n'y aura plus de crise. J'ai une vie normale.

Pas un nuage à l'horizon sur Marbella, c'est encore une belle journée. Nous rangeons les clubs dans le compartiment qui nous est réservé au Country Club du golf de Guadalmina, et nous dirigeons vers la Bentley décapotable que j'ai louée chez Cohen & Cunild pour quelques jours.

J'appelle ma femme : "Darling, we come back home for lunch"(chérie, nous venons déjeuner à la maison). Je raccroche sur un "I love you too darling" (Moi aussi je t'aime).

Ma femme, en entendant le bruit de la voiture qui klaxonne en traversant l'allée, s'avance sur le perron de la villa avec un grand sourire. J'aime ma femme. Je ne l'aime pas, je l'adore. Dans sa petite robe noire cintrée elle est belle à en mourir. Radieuse. Je l'adore depuis le jour où je l'ai rencontrée, depuis toujours. Echange de sourires. Mon ami souligne que c'est une femme comme il en existe peu, j'en ai conscience. Je me sens chanceux. Nous nous sommes rencontrés il y a maintenant plus de huit ans. Une belle histoire d'amour, digne d'un roman. Pas besoin de se parler, on se comprend. On s'aime. Nous sommes heureux.

Pendant que la cuisinière s'active dans la cuisine principale, nous faisons visiter la villa à notre ami. Nous venons tout juste de l'acquérir. Un ami de Marbella m'a fait une proposition très intéressante alors que j'étais encore en vacances à St Martin avec des amis. Je suis venu voir la villa à mon retour, parfaite. J'ai fait la surprise à ma femme. Quel plaisir ! Elle souhaitait un endroit plus calme et plus ensoleillé que notre grand appartement de Paris, moins loin que la villa de Mykonos.

Marbella, que je connaissais pour y avoir vécu un temps m'a semblé l'endroit idéal pour combler ses désirs. Une belle façon également de prendre ma revanche sur la vie.

Nous avons eu de la chance de trouver cette villa à la Zagaleta, la zone chic des alentours de Marbella. Avec ses neuf cent cinquante mètres carrés elle est suffisamment grande, sans être démesurée, pour recevoir les amis et la famille. Parfait.

Le repas est servi, nous passons à table, au menu, consommé de langouste et dorade en croute de sel, accompagnés d'une bouteille d'Arzuaga.

UNE VIE TROP NORMALE

J'ai une vie trop normale à mon goût. J'habite toujours Calpe mais la vie y est devenue très pesante. Quatre ans ont passé depuis ma première crise. J'ai connu quelques épisodes de rechute, sans gravité rapidement maitrisés par ma compagne et le docteur, qui m'obligent à prendre au quotidien des neuroleptiques.

J'ai vendu le studio que j'avais monté il y a quelques années. Après ma crise, j'ai peu à peu lâché prise, la meilleure solution était de vendre. J'essaye maintenant de travailler comme photographe indépendant. Difficile dans un petit village. Très difficile. Je vis de mes rentes qui s'amenuisent et voyage de moins en moins.

Je vis avec ma compagne qui a cessé de rêver d'être un jour ma femme. Elle m'aime beaucoup, je l'aime beaucoup, nous nous aimons comme des frères et soeurs en réalité. Nous partageons un toit. Nous vivons relativement heureux. Nous avons un couple d'amis avec qui nous nous voyons souvent. Nous vivons maintenant dans une petite maison à l'extérieur du village. Un cabriolet et une Vespa sont garés devant la maison.

Je n'ai aucune raison de me plaindre vraiment mais à cause des médicaments j'ai les jambes qui tremblent, mon esprit et mon corps semblent être en léger décalage. Je ne le supporte pas.

Tout va bien en apparence mais j'ai besoin de bouger, de voyager, de m'aérer, et d'une certaine façon de prendre du recul sur ma relation amoureuse qui s'étiole.

J'organise un voyage, seul.

Ma compagne ne veut pas venir de toute façon. Pas envie. Elle est fatiguée de me supporter, de jouer à l'infirmière. Fatiguée. Je la comprends, au quotidien je ne suis pas de tout repos. Je ne supporte plus d'être médicamenté. C'est décidé je décolle.

Aéroport d'Alicante, direction Orly, puis St Martin.

UNE VIE HEUREUSE

J'ai une vie heureuse. Après des années comme photographe je travaille enfin de ma réelle passion, l'écriture, ma femme comme traductrice.

Après la réussite incroyablement fulgurante de mon premier roman tout s'est enchainé très vite. J'ai été invité par mon éditeur à écrire d'autres romans qui ont eu le même grand succès, autant en librairie que sur internet. Fantastique. Réellement inespéré. Une bonne surprise pour moi qui n'écrivait dans un premier temps que pour moi ou pour mes amis. Surprise de la Vie. Merci.

Tout est allé très vite en réalité. J'ai eu la chance d'avoir été bien conseillé et mon patrimoine est entre de bonnes mains. J'ai su placer mes pions sur l'échiquier de la vie et dispose maintenant d'une vie très agréable. Je suis millionnaire. En amour, en amitié et, peu de gens le savent, à la banque mais c'est un détail.

Je vis avec celle que je considère être la femme de ma vie. Nous vivons maritalement. Nous avons un enfant à venir, elle est magnifiquement enceinte. Sublime. Je suis heureux, elle est heureuse, bref nous sommes heureux. Nous avons beaucoup d'amis un peu partout dans le monde. Nous vivons dans un superbe appartement de Montmartre. Nous dominons tout Paris. Nous avons une maison à Mykonos. Une Maserati et une BMW X6 sont dans le garage. Mais je me déplace le plus souvent en taxi, hélicoptère ou jet privé. Un luxe. Le rêve de ma vie.

Je prends pieusement mon Lithium. Aucun effet secondaire. Depuis mon passage à l'hôpital de Nîmes, il y a quelques années, le dosage est parfait. Je le contrôle de temps en temps en faisant une lithémie, rien de plus. Tout va bien.

Les années ont passé, dix ans déjà depuis ma première visite, alors je pense qu'il est grand temps de retourner voir mon ami à St Martin. Je ne pense pas y aller seul. Coups de téléphones. Rendez-vous à l'aéroport du Bourget, direction St martin.

ORLY

Paris, aéroport d'Orly. Temps des retrouvailles, temps des vacances. J'ai rendez-vous avec mon ami graphiste, que je n'ai pas vu depuis près de vingt ans.

Je prends mon temps et appelle un taxi pour aller depuis chez l'amie avec qui j'ai passé la nuit d'escale dans le seizième arrondissement de la Capitale jusqu'à l'aéroport.

Mon ami graphiste est déjà à l'aéroport, il est stressé, il a peur de prendre l'avion. Avant que j'arrive, il m'a déjà téléphoné deux fois, et mon arrivée tardive à l'aéroport ainsi que mon enregistrement de toute dernière minute n'arrangent pas les choses. Je déteste les enregistrements, les dépassements de poids de bagages, je pense qu'ils sont une bonne raison pour avoir son propre avion. Un jour sûrement. Je rêve.

Mon ami est stressé, heureux de me revoir quand même mais stressé. Les retrouvailles se limitent à une accolade rapide, un échange de sourires heureux. C'est incroyable de se revoir, d'être là prêts à décoller ensemble ! Vols enregistrés, nous voilà soulagés, mon ami respire. Embarquement vers des horizons lointains, vers un ami proche.

Les huit heures de vol se transforment vite en sept heures de discussions, de souvenirs et d'échange de nouvelles. Un échange quasi unilatéral, je parle sans arrêt, mon ami m'écoute dans un effort pour ne pas s'endormir. Il s'endort quand même et parvient finalement à voler une heure de repos. Je n'ai pas sommeil. Sept heures de dialogue sans s'arrêter, pas commun. Certainement trop de choses à se dire. J'en perds la voix. Je suis en pleine forme, étrange, mon ami est fourbu, normal.

Si, un détail : j'ai volontairement oublié une partie de mes médicaments (Rivotril, Halopéridol et Akinaton) en Espagne et abandonné mon flacon de lithium dans un restaurant de Paris la veille au soir. Oublis non-justifiés, non justifiables. Je dois prendre mes pilules. Je le sais mais tente de l'oublier. Ces vacances seront l'occasion de revoir des amis chers et d'oublier un peu le passé. Mes pilules me rattachent au passé, j'en oublie que j'ai un présent à vivre. Dans deux jours c'est mon anniversaire et dans cinq celui de mon ami de St Martin à qui nous allons rendre visite. Tout se présente fantastiquement bien. Je sais pertinemment que je prends un risque en ne prenant pas mes médicaments, je suis maintenant diagnostiqué bipolaire depuis des années mais je n'en ai pas encore bien pris la mesure et je confie inconsciemment pouvoir tenir dix jours sans problème. Erreur...

Erreur qui va quasiment me faire perdre, non pas la tête mais l'amitié d'êtres chers, compagnons de travail quelques années auparavant, à l'époque où je faisais mes armes comme photographe.

Fatigue d'un voyage passé sans dormir, stress accumulé du travail, émotions vives des retrouvailles, mon ami graphiste ne se sent pas bien avant de descendre de l'avion. Les émotions débordent. Ces vacances vont lui faire du bien. Pas si sûr.

L'avion fait mine de se poser sur la plage et frôle les baigneurs, certains le prennent en photo, il atterrit sans problème.

Nous sommes arrivés au Paradis :St Martin.

LE BOURGET

Paris, aéroport du Bourget. Le Bombardier Learjet 70 décolle pour St Martin. Le « Suzy one » installé en configuration réunion porte dans son ventre, trois grands amis : mon ami graphiste, mon ami artiste et moi-même. La fine équipe.

En l'air, Champagne, Veuve Cliquot. Temps des retrouvailles pour des amis de longue date, quelques années sans se revoir. Dix exactement. Trop longtemps. Bien sûr on est resté en contact par internet mais ce n'est pas la même chose. Pendant le trajet, on se remet rapidement à jour. Tant de choses se sont passées pour chacun d'entre nous. Si vite. Ils me posent des questions sur mon succès, je reste discret, même pour les amis. Je n'aime pas étaler.

Notre ami de St Martin nous attend de pied ferme, cette fois-ci il sait que nous venons, mes amis, eux, ne le savaient pas quelques jours auparavant. Je leur ai téléphoné en leur proposant l'idée, le temps de réorganiser nos agendas respectifs et nous nous sommes retrouvés sur le tarmac en ce beau matin de janvier. Ils ne voulaient pas manquer ça. Retourner sur l'île, en jet privé !

Ils sont néanmoins un peu stressés, surtout mon ami graphiste. Retourner sur l'île...

Certes ils sont heureux que l'on se retrouve mais ils n'y ont pas que de bons souvenirs. C'est normal, c'est humain, après ce qu'il s'y est passé. On en parle peu. J'avoue que cela a été une expérience difficile pour tout le monde. C'est du passé. Vivons le présent ! Carpe Diem!

Lorsque l'avion atterrit sur l'aéroport Espérance de Grand Case, la chaleur et un sentiment de bonheur nous envahissent. Pas un nuage dans le ciel, nous savons déjà que de belles vacances nous attendent.

JULIANA

L'arrivée à l'aéroport de Juliana, St Martin, en ce mois de janvier est l'occasion pour d'autres retrouvailles, celles avec celui qui fût notre ancien collègue de travail, celui qui fut notre mentor et nous a appris le métier de photographe. Sa femme lui a fait une surprise, elle lui a dit qu'ils vont recueillir un ami à l'aéroport. Il n'a aucune idée de qui. Jeux de l'amour.

À la sortie de l'avion nous notons combien malgré quelques nuages l'air est chaud, or, nous sommes en janvier. Ce sont les caraïbcs ! Au programme, dix jours de vacances chez un vieux pote, entre vieux potes ! C'est déjà le bonheur.

L'aéroport de Juliana est petit, impossible de se perdre. Un coup d'œil en sortant, un coup d'œil dehors, notre ami n'est pas là. Après deux allers-retours entre les deux portes de sortie, le cœur plein d'envie de voir notre ami, nous nous résignons à l'attendre assis sous un arbre depuis un point qui permet de surveiller les entrées et les voitures qui passent. Nous ne connaissons pas la voiture avec laquelle notre ami vient nous chercher. Nous attendons qu'il se passe quelque chose.

Après un quart d'heure, mon ami aperçoit notre ami local qui marche à grands pas devant lui à quelques mètres. Il se lève brusquement, son sac sur l'épaule et s'élance vers lui. Je reste assis et l'observe faire un détour pour se retrouver derrière notre ami et sa femme et les saluer par surprise, par derrière. C'est beau l'amitié. On se surprend pour mieux se retrouver. Une façon d'amplifier le plaisir de la rencontre. Ils sont encore en train de se taper sur l'épaule avec de grands sourires lorsque j'apparais alors à côté du petit groupe avec mes valises, comme pour enfoncer le clou. D'autres embrassades, d'autres tapes, des sourires, des rires.

Tout le monde à presque vingt ans de plus, personne n'a changé. Mystère de la vie. Le sentiment que l'on va passer quelques jours sympas vole dans l'air. Sur ces entrefaites, notre ami nous apprend qu'un ami artiste, ami lui aussi de longue date, arrive sur l'île dans deux jours. Cela rajoute à l'allégresse générale. La voiture est petite, toute petite, mais pratique. Une fois chargée nous sommes entassés, compactés mais heureux.

Ça mérite une Présidente, la bière que l'ami local nous faisait miroiter par internet il y a encore quelques jours sans savoir qu'il aurait un jour l'opportunité de la boire avec nous.

Le premier bar à côté de l'aéroport est le bon. Peu importe si l'on est encore coté hollandais, peu importe que décolle un avion sur nos têtes quasiment toutes les minutes, nous sommes ensemble, les pieds dans le sable blanc et la tête dans les étoiles. Nous avons tous les trois pourtant du mal à y croire mais c'est la réalité, nous sommes réunis !

La femme de notre ami lui a fait un beau cadeau, une belle surprise que nous avions organisée ensemble, elle sourit. Elle est heureuse, ça se voit, ça se sent. C'est beau l'amour. J'aime. Je veux vivre la même chose. Je garde la sensation en moi.

Tout a l'air normal, j'ai l'air normal. De retour à la maison, je décide que pour les prochains jours, avec l'arrivée imminente de notre ami l'artiste, il serait bien de louer une voiture un peu plus grande. Un de mes cousins connait quelqu'un sur l'île. Je le contacte et lui demande s'il est possible de louer un Hummer, espèce de gros 4x4, parfait pour les routes cabossées de l'île. Mes amis me traitent de fou, que ça coûte excessivement cher, que ce n'est pas nécessaire. Je dis en souriant que c'est déjà diagnostiqué depuis des années. Rires. Ils ne savent pas que je suis bipolaire. Petit secret bien gardé. Pour une occasion spéciale comme celle de revoir des amis de vingt ans, et pour quelques jours on peut se faire plaisir dis-je. Afin de mettre fin à toute controverse j'annonce que de toute façon c'est moi qui paye. Pas que j'en ai franchement les moyens mais j'annonce en blaguant que j'ai l'argent sur mon compte pour tenir au moins une semaine : cinq milles euros. Tout le monde rit, l'ambiance est au beau fixe. Pour mes amis, c'est beaucoup et pour une semaine en plus ! Pour moi, dans mon état, cela reste beaucoup - c'est quasiment toute ma fortune- mais c'est aussi peu à la fois. Tout est relatif, le reste est absolu, j'aime répéter.

Je loue donc le Hummer. Pas pour la frime mais pour le fun, pour que l'instant présent passé ensemble soit encore plus fort. Je suis décidé une fois de plus à le vivre pleinement. Nous nous imaginons en riant la tête de notre ami artiste lorsque l'on va aller le récupérer en 4x4 à l'aéroport ! Ça, ça n'a pas de prix. Le Hummer, mille cinq cents euros pour la semaine...

Mon ami graphiste aime conduire le Hummer. Heureux, il arbore un sourire heureux. Il aime les voitures, il aime conduire, moi pas spécialement. Ce sera le chauffeur de la bande, il ne lui manque que la casquette. Moi j'aime mes amis, et mes amis me le rendent bien, ils m'ont laissé faire cette folie sans se rendre compte que, dans ma situation, ça en est réellement une. Une pure folie.

En réalité tout c'est bien passé pendant quelques jours, il me semblait que le sevrage se passait bien. Bien sûr je parlais beaucoup, ce qui agaçait parfois la maitresse de maison, mais mon comportement était normal. Normal étant relatif. Les premiers jours, se passent relativement sans problème donc mais il plane dans l'air quelque chose d'indéfinissable. Reste à savoir quoi...

ESPERANCE

Difficile de se perdre à l'aéroport Espérance de Grand case. Mon ami local est là à nous attendre, tout sourire. C'est la deuxième fois qu'on lui fait le coup, être tous réunis pour son anniversaire et le mien ! Il est heureux, ça se voit. Nous jetons nos valises dans le coffre et grimpons dans le Range Rover qui nous attend sagement devant la porte.

Au Love, converti en second bureau de notre ami local, quelques Présidentes nous reçoivent pour l'apéritif. Tradition oblige. On trinque en se regardant dans les yeux. Rien ne change.

La conversation va bon train. On discute on est heureux de se voir, on se tape sur l'épaule comme pour tenter d'y croire. De croire que l'on est là une fois de plus réunis. Ils sont heureux de me voir en forme, très heureux. Heureux aussi de savoir que j'ai réussi. Raconte ! C'est allé si vite, incroyable. La vie est incroyable. Plus tard. Peut-être. Ce n'est pas si important dans le fond, l'important c'est que nous soyons là tous ensembles. C'est vrai.

Une semaine ensemble, quel pied ! On s'organise. Oui, nous descendons tous à la Samanna, j'ai déjà réservé l'hôtel sur les conseils de mon ami local, le meilleur de l'île. Cela semble parfait. Il nous faudra une voiture pour la semaine, commode et grande. Pas de problèmes, on connait un garage... Rires. De plus, on a déjà le chauffeur... Il sourit d'avance, il aime les voitures. Coup de téléphone. C'est réservé. Parfait.

Le rêve peut commencer...

LE BOO BOO JAM

Le lendemain de notre arrivée d'Orly est un dimanche. Programme : dimanche à la plage au Boo boo jam, restaurant de plage situé sur Orient Bay, le côté chic de l'île.

Du cochon de lait et de l'agneau à la broche, préparés devant nos yeux directement sur la plage, donnent faim à tout le monde. Excellent ! C'est décidé nous mangerons sur place. Je n'ai pas trop faim. Les enfants vont jouer, les discussions s'engagent. Qu'est-ce qu'on devient ? Les discussions vont bon train. Un dimanche paisible somme toute. Je fais des va-et-vient entre le bar et mes amis, très sociable, je commence rapidement à connaitre un peu tout le monde, à taquiner le serveur, à lui demander de changer la musique. En peu de temps, je suis au bar comme à la maison, ce n'est pas de moi. Danger.

Au moment de passer à table, un client, millionnaire selon les dires du serveur, avec qui j'ai sympathisé auparavant au bar, nous propose de nous prendre en photo avec notre appareil. Situation paradoxale. Quelques années après avoir photographié des gens riches à la table de grands restaurants, saison après saison, c'est à notre tour de nous faire prendre en photo, nous les pauvres, par un riche ! On respire l'amitié, c'est beau à voir. Même pour un millionnaire apparemment. Il faut fixer cet instant. Nous posons nos couverts pour prendre la pose. Trois, quatre clics. Critique immédiate des photos… Elles sont géniales, l'oeil du pro, on le sent ! Le millionnaire s'éclipse avant que l'on puisse en savoir plus sur ses qualités de photographe. La photographie c'est un métier, on sent bien qu'il en a. Mystère.

Au bar un peu plus tard, le serveur me présente la masseuse qui officie dans une petite cabane en bois face à la plage. Elle fait des massages divins, me dit-il. Face à son minois souriant, sa silhouette gracieuse et légère de Marsupilami, je décide sans y penser que je vais aller me faire masser. Une occasion rêvée de commencer à me relaxer. Certes, mes amis me rappellent que le massage à un prix élevé mais j'explique que l'important n'est pas l'argent, l'important c'est de parvenir à lâcher la pression que je sens en moi. Un bon massage devrait faire l'affaire.

J'attends mon heure en alternant des discussions avec mes amis et le serveur du bar. En parlant avec ce dernier j'apprends que le client qui nous a pris en photo précédemment est un homme d'affaires qui a réussi, entre autres, dans le monde de l'édition. Intéressant. J'ai toujours rêvé de publier un jour un petit recueil de textes. Un jour peut-être. Il faudrait que je lui parle pour lui demander conseil mais voilà qu'il s'éloigne au volant d'une vieille Jeep Cherockee. Une autre fois.

Le temps change comme il change souvent sur les îles, il devient maussade. Mauvais présage. Mon ami local annonce qu'ils pensent rentrer, à cause des enfants. D'un saut rapide à la cabane je parviens à avancer mon rendez-vous avec la masseuse. Mes amis m'attendront, c'est entendu. Les enfants iront faire des activités à l'intérieur du Boo boo jam. Le massage est censé être un moment de détente. Je ne parviens pas à me laisser aller. L'excitation du moment, celle d`être sur cette île, entouré de vieux amis, celle d'être entre les mains expertes de la masseuse, et, maintenant j'en suis sûr, celle due au sevrage de mes médicaments, m'empêchent de me relaxer. Je parle. Je n'arrête pas de parler au grand dam de la masseuse qui, en grande professionnelle, me demande d'essayer de me taire, d'essayer de me relaxer. Finalement, j'accède à sa demande, me tais et laisse la jeune femme finir son travail. Seul petit problème, on est dimanche et le dimanche, le bar organise des jeux pour les enfants. Depuis la cabane, le commentateur de la chaise musicale s'entend très fort. Difficile de se détendre réellement, ça tombe mal, juste au moment où je venais de parvenir à me taire. Le massage se termine dans une ambiance de fête foraine. Qu'à cela ne tienne, je sais néanmoins maintenant qu'elle a des doigts de fée, je reviendrai. Je le promets à la jeune masseuse. Il n'y a pas de mal à se faire du bien, et puis, combien de fois aurai-je l'occasion de revenir sur cette île ? Je suis prêt à profiter de ce qu'elle offre sans compter, au sens propre comme au figuré. Au risque d'être pris pour un original, au prix de dépenser plus que de raison. L'argent est une énergie qui va-et-vient. J'aime qu'il serve à profiter et partager. Qu'il est simple d'être heureux. Combien coûte le bonheur ? Le bonheur ça n'a pas de prix.

Les jours se suivent et se ressemblent, le Boo boo jam devient le bar des amis tandis que notre ami local s'affaire sur l'île, il a du travail. C'est notre incursion quotidienne temporaire dans le monde des millionnaires. Celui que nous avions rencontré n'apparaît plus, certainement occupé à ses affaires, dommage. Tout reste relatif, nous savons très bien qu'il y a peu de chances que nous fassions un jour partie du club des millionnaires mais nous profitons de l'endroit simplement. Quelques Présidentes, quelques blagues et retour en voiture à la maison.

Mon ami graphiste est beau au volant du Hummer. Pour le taquiner, je lui demande sans cesse en riant si on ne lui a jamais dit qu'il ressemble à un acteur. Il est beau comme un acteur avec sa gueule, sa casquette et ses lunettes noires. Comme l'acteur parfait d'une vie de rêve, prêtée le temps de vacances. Le Hummer lui va bien. Nous rêvons un instant que la vie de millionnaire c'est ça. Rouler en gros 4x4, sans complexes, sans soucis d'argent, et en étant entouré de bons amis. L'amitié ne s'achète pas, l'amour non plus. Rien de ce qui fait que l'on soit heureux en réalité, nous le savons.

Le Boo boo jam, le Hummer, les massages, les amis... Dans ces conditions cette île est un Paradis. Pour mes amis, elle va bientôt devenir un enfer...

ORIENT BAY

On passe la matinée au Love... Je comprends pourquoi mon ami l'a converti en son quartier général. D'ici, la vue sur la mer des caraïbes est réellement relaxante, le service est professionnel et discret.

Il fait un temps de rêve. Mes amis sont au soleil, sur les transats. Les Présidentes dans un seau à champagne. Je suis à l'ombre, je profite du calme ambiant pour écrire l'article court que je publie dans mon blog et sur ma page Facebook régulièrement, lorsque je suis inspiré en réalité. Quelques pensées sur un thème que je choisis au hasard, une façon de conserver le contact avec mes lecteurs, de vivre ma passion au jour le jour, de préparer mon prochain roman.

Après un court appel, je pose mon téléphone à côté de mon mac book air. Un rendez-vous est arrangé dans l'après-midi. Je vais aller me faire masser. Mes amis décident de rester au Love. Farniente. Ne rien faire. Ce sont les vacances et comme le dit un ami proche, la vraie valeur des vacances n'est pas la vacance des valeurs. L'amitié en est une dont nous jouissons pleinement en ce moment.

Direction Orient Bay. Le serveur du bar du Boo boo jam n'a pas changé, il ne me reconnaît pas. Tant mieux. J'aime rester discret. Un groupe d'amis profite de la plage. Je me fais ami au bar avec l'un d'eux. Ce sont des amis de longue date qui se retrouvent ici pour fêter leurs retrouvailles, quelques années qu'ils ne se sont pas vus. Je souris, ça me rappelle des souvenirs. Ca me rappelle mon présent, mon passé. Je ressens leur joie d'être ensemble, l'amitié qui les unit. Nous échangeons quelques mots. L'un d'eux ne cesse de parler, il semble un peu excité. Je n'y prête réellement pas attention, l'émotion des vacances dans les Caraïbes sûrement, l'émotion du moment.

Lorsqu'ils passent à table je me propose de leur faire quelques photos avec leur appareil. Séquence souvenir, combien de fois ai-je été dans cette situation par le passé à photographier l'amitié. Une fois les photos faites je m'éclipse en les laissant commenter le résultat.

Je passe à la petite boutique du Boo boo jam pour acheter un t-shirt, un petit souvenir personnel. Sur le t-shirt un magnifique « Carpe diem » est imprimé dans le dos. Profite de l'instant présent. Je profite, mais cette fois sans excès. Simplement.

Il est l'heure. La masseuse m'accueille avec un grand sourire. Elle m'a reconnu. Elle m'explique qu'elle a lu tous mes romans. Je souris et engage la conversation sur mon premier roman, celui où elle apparaît. Elle en est heureuse. J'abrège la conversation, je ne veux pas la mettre en retard.

Depuis la petite cabane en bois de massage, le ressac de la mer est perceptible. Il ajoute à l'ambiance feutrée un sentiment de paix incomparable. Le massage est divin, presque magique. Je me sens bien, je me sens relax. Je ne parle pas, je profite. Pur bonheur. J'aime la vie. Le bonheur ça n'a pas de prix. Je remercie la masseuse en laissant un large pourboire et sors sur un nuage.

Retour au Love en 4X4. Sur la route qui va d'Orient Bay à Grand Case, je pense qu'acheter une maison dans le coin serait peut-être une bonne idée. Il faudra que je me renseigne. Je me dis que je vis une vie de rêve, j'en ai conscience. Mes amis en profitent, j'en suis heureux. Je remercie l'Univers comme à mon accoutumée. Gratitude.

Cette île qui fût un jour un enfer pour eux s'avère maintenant être le Paradis.

WARRIOR CAFE

Tout a basculé presque d'un seul coup. J'aurais dû me douter que ça arriverait tôt ou tard, on m'avait prévenu plusieurs fois. Ne pas prendre mes cachets comporte des risques.

Je n'y crois pas, non, disons que je ne l'accepte pas.

J'accepte le risque plutôt, au risque de me perdre. Quelle importance. Je commence à beaucoup parler, à dire et faire n'importe quoi et c'est une spirale qu'il faut arrêter. Pour mon bien et la tranquillité des gens qui m'entourent.

En réalité, tout a commencé par un malentendu, le quatrième jour de mon séjour. Après un apéritif léger entre amis au Warrior café, à Grand case, je passe seul une grande partie de la matinée et décide de manger sur place. Je profite pleinement de ce moment de détente, seul face à la mer. Il y a peu de gens sur la plage, tout est tranquille. Je quitte mes tongs pour mieux sentir le plancher en bois, l'aspérité du sable. Je sens que j'ai les pieds sur terre. Erreur.

Sociable, je connais rapidement le nom de chaque serveur, de chaque serveuse. Je les interpelle régulièrement en faisant de l'humour. Tout va bien. Je pense que tout va bien disons.

Je me sens bien, comme un millionnaire en vacances en réalité, sans l'être.

Je mange à la carte sans me priver et en observant ce qui se passe autour de moi. Quatre Japonais profitent de la plage en buvant un cocktail. Un jeune homme, trois jeunes filles. Jusqu'ici, rien d'étrange. Ils sont quasiment les seuls sur la plage du Warrior Café.

Soudain tout devient bizarre. J'observe que les quatre touristes se mettent à faire n'importe quoi sous le coup de l'euphorie d'être dans l'île ou de l'alcool. Ils crient, se roulent dans l'eau, s'arrachent le haut des maillots. La scène me fait sourire. Voilà une façon bien peu habituelle de profiter de la plage ! Les choses empirent. À un moment donné, il me semble que le jeune homme est sur le point de se noyer dans cinquante centimètres d'eau, il me semble ressentir sa peur. Réellement, je ressens sa peur. Je ne me lève pas, j'observe. Il ne se noie pas. Je respire. Une des filles, comme saoule tout en n'ayant bu qu'un demi cocktail, commence à crier à voix haute en anglais qu'elle a envie de faire l'amour avec sa copine restée sur les transats. Ai-je bien entendu ? Cette dernière devient rouge, se cache la figure avec les mains, lui crie quelque chose d'inaudible. J'ai bien entendu. L'autre est dans l'eau et ses jambes flanchent chaque fois qu'elle cherche à se lever. Elle pousse des cris orgasmiques, elle rit à gorge déployée et soutien-gorge enlevé. Serveur, le même cocktail s'il vous plaît, dit-je en souriant. Amusant mais étrange. Je le vois, je l'entends, j'ai l'impression que tout le monde le voit tout le monde l'entend. Personne ne fait rien, personne ne dit rien. Le client est roi. Qu'ils s'amusent, ils ne dérangent personne. Je me demande si j'hallucine. A priori, non. Je suis rassuré. Mais comment en être sûr ? Lorsque toute la petite compagnie s'est calmée, que personne ne s'est noyé et que les filles ont remis leur maillot, tout revient dans l'ordre. Enfin presque…

Mes amis reviennent me voir au moment où tout est revenu presque normal. Je leur explique ce que je viens de voir, ce à quoi tout le monde vient d'assister. La quasi-noyade du japonais, les cris orgasmiques des filles... Ils hallucinent, commencent à me regarder bizarrement, et me demandent si je vais bien. Il n'y a personne sur les transats... Ils ont dû partir, étrange. Je leur assure que je vais très bien. Ils me croient une fois de plus. Erreur.

La connivence avec les serveuses, après une bonne partie de la matinée passée sur place à faire des blagues, passe à la lassitude. Je deviens fatiguant. Mes amis le sentent. Ils sentent quelque chose d'indéfinissable dans l'ambiance, quelque chose d'étrange. Mais ils ont d'autres choses à faire, ils m'annoncent qu'ils ont rendez-vous de l'autre côté de l'île et que nous nous reverrons plus tard. Pas de problème, je suis disposé à continuer de profiter pleinement de ma journée. Je ne bouge pas, je les attends.

Le temps passe, la nervosité du personnel non. Je me lasse de la situation, demande l'addition et en profite pour réserver une table pour deux pour le soir même. J'ai prévu de venir diner avec une amie. Pour 20 h 30, parfait. Je me sens léger, presque euphorique.

Euphorique, c'est un problème, je devrais le sentir. L'euphorie ne m'est pas conseillée et il y a quelques jours que je ne prends plus mes médicaments. Moi je me sens bien, très bien. Aïe !

L'ADDITION

Les problèmes arrivent avec l'addition. Au moment de payer, mes cartes bleues décident alors de ne plus fonctionner. Il faut dire que je m'en suis déjà servi copieusement ces derniers jours entre la location du Hummer, l'achat d'un Blackberry 9900 sous les yeux éberlués de mon ami graphiste pour soi-disant remplacer le mien qui marche parfaitement et de quelques bouteilles de champagne au Platinum, un table dance local. Euphorie de dépenser sans compter, comme un millionnaire, mais à mon petit niveau. Mes cartes ne marchent pas mais elles devraient logiquement fonctionner, l'une est illimitée. Illimitée jusqu'à la hauteur de son solde, j'ai dû oublier ce détail ou ne pas vouloir le prendre en compte, et elle doit s'en approcher pas mal ! Elles ne fonctionnent pas. Par malchance, mes amis qui sont repassés me rendre visite peu de temps avant sont certainement encore de l'autre côté de l'île. Je veux mais ne peux pas payer l'addition, du moins dans la situation présente. Les problèmes graves commencent. Le patron d'un naturel très sympathique, mais d'une patience pour laquelle il ne faut pas dépasser les bornes, s'énerve. Face à son incapacité à se faire payer sur le champ et bien qu'il connaisse bien mon ami local, il finit par appeler la gendarmerie.

Lorsque la Gendarmerie arrive, je ne cesse de répéter que l'argent n'est pas un problème, qu'on me laisse remonter chez mon ami et que le problème sera réglé. Par prudence, les gendarmes se proposent de m'accompagner. On m'offre une promenade en estafette, une expérience, pourquoi pas. Je m'amuse de voir que l'estafette de Gendarmerie est en piteux état, sur une île de millionnaires ! Je leur dis qu'ils devraient avoir un 4x4 vu l'état des routes. Les gendarmes me sourient. Sympas. L'ambiance est au beau fixe, contraste avec celle tendue du restaurant.

Arrivé à la maison, mon ami m'avance la somme en attendant que je puisse retirer à un distributeur. À ce moment-là je ne le sais pas encore mais je ne pourrai jamais retirer, du moins pas avec ces cartes. Mes cartes ont été bloquées par ma mère depuis la métropole. Mesures extrêmes préventives. Toujours zen, mon ami local ne s'inquiète pas outre mesure de la venue de la gendarmerie. Il s'inquiète pour moi, je n'ai pas l'air normal, mon comportement est étrange. Quelques minutes avant, je proposais mes appareils photos aux gendarmes pour payer mon addition en râlant que la paire de tongs que j'avais oublié sur la terrasse du Warrior coûtait plus que le prix de l'addition. Pas normal tout ça. Pas très cohérent. Nos deux amis partis se promener réapparaissent en disant qu'ils ne m'avaient pas trouvé au restaurant et qu''on leur avait dit que j'étais remonté à la maison, accompagné par les gendarmes.

Après une brève explication de ce qu'il venait de se passer, calme à la maison. L'après-midi se passe au rythme des conversations. Presque comme si de rien n'était. L'épisode semble clos. Une histoire de plus à raconter au retour, moi, ce fou, qui propose aux gendarmes de payer mon addition de 92 euros en l'échangeant contre un Contax 645 à 10 000 euros. Perte des valeurs ? Oui mais de quel coté ? Soyons clair, on n'appelle pas la gendarmerie pour 92 euros, surtout si l'on connait bien l'hôte du coupable de grivèlerie involontaire. À moins que l'on craigne quelque chose, à moins qu'il y ait dans l'air une ambiance bizarre, à moins que cette personne ne semble pas être dans son état normal. Tout semble plus clair vu de cette façon, je les excuse.

LA BALADE

Après un moment de calme, en fin d'après-midi, tout le monde a faim. On décide de prendre la voiture pour descendre manger quelque chose entre amis à Grand case. Notre ami connait un endroit où l'on mange de bonnes grillades. Parfait !

Arrivé au bout du chemin qui relie la maison de notre hôte à la route principale, il me prend subitement l'envie de descendre de la voiture. Je leur dis que je les rejoindrai au restaurant à la stupéfaction générale. Je sors du véhicule d'un mouvement brusque. Claquement de porte. Il est tout à fait impossible de m'en empêcher de toute façon, je suis puissant, rapide. Je me mets à parler avec un jeune rasta assis sur le bord de la route sans me préoccuper de mes amis. Ceux-ci avancent et vont se garer plus loin, dépités. Ils ont compris que j'étais irraisonnable.

Lorsque le bus qui descend de la route de Colombier et qui va a Grand Case s'arrête à mon côté, je demande au chauffeur si je peux monter. En chemin, après être passé devant les yeux éberlués de mes amis arrêtés sur le côté avec le 4x4 sans savoir trop que faire, je dis au chauffeur que je n'ai pas d'argent, juste mes cartes bleues, mais que celui-ci peut s'arrêter quand il veut et que je le remercie d'avance pour la course. Le prix d'un trajet depuis Colombier jusqu'à Grand Case ne doit pas excéder l'euro, même sur une île de millionnaires. Je sais que je vole un service avec un sourire et un peu de conversation. Le chauffeur est très sympathique mais ne tarde pas à s'arrêter au premier endroit possible pour me déposer. Je descends en remerciant le chauffeur de sa gentillesse et décide de faire du stop en attendant que mes amis passent à ma hauteur. Exercice difficile s'il en est à St Martin, je vais m'en rendre compte.

L'île n'a pratiquement qu'une seule route qui en fait le tour. Selon les heures les embouteillages sont fréquents. Ça circule gentiment. Depuis le bord de la route, dans ma tentative d'autostop, les voitures passent devant moi sans s'arrêter. Clin d'œil de la vie, un embouteillage aidant, je les redouble maintenant en marchant cette fois-ci au milieu de la route avec un grand sourire ; toujours le pouce en l'air mais cette fois ci comme pour les féliciter de leur gentillesse ! Mon comportement choque les conducteurs, je le vois bien. Pas moi. Je souris de plus belle. Qu'y a–t-il de plus choquant, d'avoir peur ou simplement pas le civisme de prendre quelqu'un en stop en plein jour sur la seule route de l'île, ou de le voir marcher au milieu de la route le pouce en l'air avec un sourire moqueur ? Je me moque de ce que pensent les gens, je me sens bien, capable de n'éprouver aucune honte à marcher au milieu de la chaussée sur une centaine de mètres et de faire l'effronté. J'aperçois la mer, je suis presque arrivé, et quitte alors la route pour continuer ma marche vers le restaurant où nous devons nous rencontrer, je vais passer par la plage.

Arrivé en bord de mer, j'enlève mes chaussures pour mieux sentir le sable sous mes pieds. Sensation de liberté, joie profonde. Le cadre est magnifique. Je m'arrête pour le regarder, pour m'en remplir les yeux, avant de continuer ma route. Je prends mon temps pour savourer les émotions, j'aime comme mes pieds s'enfoncent dans lc sable mouillé. J'arrive au bar du Love en même temps que mes amis. Moi par la plage, eux par la route.

Au bar, tout semble presque normal. Mes amis sont là mais ils sont agités, je le vois. Tout le monde est réuni.

C'est l'apéro ? Non, pas d'apéro au menu.

Mes amis me demandent de les suivre, ils m'invitent à aller voir un docteur. Je m'énerve. On veut décidément me gâcher mon plaisir ! Alors, je me mets à courir partout, je deviens incontrôlable, inquiétant. Je pars en courant jusqu'à la voiture. Fermée. Je marche au milieu de la rue en risquant de me faire écraser puis reviens vers le restaurant pour me retrouver face à l'estafette de la gendarmerie d'un côté et une ambulance de l'autre. Pastille bleu, pastille rouge, du pur Matrix. Mes amis, affolés par mon comportement illogique, et confortés par les appels depuis la métropole leur disant de faire attention à moi, que je ne prends pas mes cachets, ont appelé les secours. Ils sont là.

Devant le Love se forme alors un petit attroupement composé de gendarmes, d'ambulanciers, du patron du restaurant et d'amis. Tout le monde m'explique calmement qu'il faut que je monte dans l'ambulance pour mon bien. Je demande à tout le monde de se calmer et dis que s'ils veulent faire quelque chose pour mon bien qu'ils me laissent prendre l'apéro avec mes vieux amis ! Que ça fait vingt ans que je ne les ai pas vus et que ce serait sympa.

Face aux demandes réitérées de tout le monde, aux mines décomposées de mes amis, et préférant, à choisir, prendre la pastille rouge que la bleue, je finis par me laisser embarquer dans l'ambulance. Soulagement général. Le trajet est court, l'île est petite. L'ambulance roule sans urgence jusqu'à destination, dans son ventre un homme au comportement simplement étrange. Peut-être est-il sous l'effet de l'alcool. Même pas. Il est juste étrange et avec une énergie débordante.

Je ne m’en rends déjà plus compte mais c’est reparti, j'ai une nouvelle crise... L’absence de médicaments n’a pas tardé à se faire sentir. Coups de téléphone vers la métropole, je suis maitrisé. Jusqu'à quand ?

LE PRESSOIR

Pas de crise, aucune précipitation, aucune urgence. J'arrive au Pressoir, à Grand Case, à pied, par la plage. J'ai demandé à mes amis de me rejoindre à midi. J'étais parti marcher un moment, j'avais besoin d'être un peu seul. Ils le comprennent. Ils savent que j'aime ces moments de solitude, de méditation. Une façon de m'imprégner de l'endroit. Une source d'inspiration pour ce que je suis en train d'écrire.

Ils sont déjà à l'apéro lorsque je rentre dans le restaurant un peu après midi. Champagne. Parfait. Nous trinquons à l'amitié, l'Amour, la Vie.

Le Pressoir est l'un des meilleurs restaurants gastronomiques de l'île. Nous y dégustons la spécialité du chef : une queue de homard grillée avec une sauce « american-sxm». Succulente. Au cours du repas, mes amis me commentent qu'ils ont rendez-vous cet après-midi au Nikki Beach pour y voir un mécène qui est intéressé par les œuvres de mon ami artiste. Intéressant. C'est de l'autre côté de l'île. Je décide que je les attendrai ici, en terrasse. Qu'ils ne se préoccupent pas de moi, j'ai de quoi m'occuper. Je sors mon Mac book air, mon outil de travail.

Après le repas, depuis la terrasse du Pressoir, je regarde les gens sur la plage, je les observe. Certains sont dans l'eau, d'autres sur les transats. Ils savourent leurs cocktails sans bruit. J'hallucine, en plein hiver ! J'adore les Caraïbes ! !

Ma femme qui n'a pas souhaité se joindre à nous cette semaine, prise par un travail de traduction important et comprenant mon envie d'être seul avec mes amis de longue date, m'a dit ce matin que le temps à Paris est horrible. Elle aurait aimé venir, elle adore St Martin, mais elle comprend que ce n'est pas un rendez-vous qui la concerne, que je suis avec mes amis. Nous y reviendrons bientôt c'est promis, tous les deux, seuls.

Carte bleue. Je paye l'addition. Entrées, plats, vins et champagne : 592 euros. Correct. J'offre, ça me fait plaisir. Je remercie mes amis de bien vouloir accepter l'invitation. Ils acceptent. Je me sens heureux, entouré de vrais amis fidèles.

Je réserve une table pour le soir même, 20 h 30. Non, finalement pour 20 h c'est mieux, je suis un peu superstitieux. Rires.

À la sortie du restaurant, une ambulance, sirènes allumées, passe en trombe devant le Pressoir. Ca me rappelle ma crise d'il y a dix ans, mon évasion. Pas que de bons souvenirs pour mes amis, des souvenirs vagues pour moi. C'est du passé. Ca n'arrivera plus.

L'EVASION

Hôpital de Grand Case, St Martin. Il est environ 18 h 45 lorsque j'entre dans une salle de consultation. Problème, j'ai promis à une danseuse exotique du Platinum de passer la récupérer à 20 h 00 pour l'emmener dîner. J'ai réservé une table ce matin même au Warrior café pour 20 h 30. Le temps presse. L'équipe médicale tente tant bien que mal de me faire une prise de sang, je m'y oppose sans que personne n'insiste réellement. On sent bien que je ne suis pas dans mon état normal, on sent bien que je suis inquiétant. Puis-je être dangereux ? On ne sait jamais, alors on y va avec précaution. On me demande mon nom pour remplir une fiche d'entrée, je réponds que je ne m'en rappelle pas. On retente de me le demander, nouvel échec. L'infirmier n'insiste pas. Il me demande de rester là tranquillement. Je me sens tranquille. Tout le monde semble décontenancé. Le personnel hospitalier me laisse seul dans la pièce faute de pouvoir tirer quelque chose de moi. J'en profite pour me lever, boire un peu d'eau, me rassoir. Une petite réunion se tient dans le couloir.

Voyant le temps avancer, je pointe la tête par la porte de la consultation. Depuis le couloir on me demande de retourner à ma place. Sage, j'obéis. Je regarde alors l'heure sur le moniteur situé à la gauche du lit sur lequel je me repose en attendant qu'il se passe quelque chose. 19 h 17. Hou-là ! Il faut que j'y aille, je suis attendu. Je regarde la seconde porte de la salle dans laquelle on m'a laissé. S'échapper par-là serait très facile, trop facile. J'y pense puis pense à mes amis, je ne veux pas qu'ils s'inquiètent plus encore si je venais à disparaître. J'ai vu qu'ils étaient, il y un moment, au bout du couloir, je devrais passer leur dire au moins que je m'en vais.

Je fais le point : j'ai le sentiment de ne rien avoir à faire ici, je me sens bien, j'ai rendez-vous à 20 h 00 avec une femme superbe, je dois y aller.

Problème, je n'ai pas de voiture. Je trouverai une solution. Peut-être puis-je demander les clés du Hummer à mes amis. Décidé à partir, je sors de la salle de consultation et annonce que je m'en vais au grand dam du personnel qui ne sait que faire. Je marche d'un pas décidé, difficile à arrêter. Impossible à stopper. Près de la porte de sortie j'aperçois mes trois amis en train de parler avec des infirmiers. Je les salue et leur annonce que je pars. Auraient-ils les clés du Hummer. Non, nous l'avons rendu ce matin, répondent-ils. Pourquoi ? Parce que. Bref, ce n'est pas grave, j'y vais. Quoi ?! Non, impossible ! Impossible n'est pas français ! Je leur montre un bouton où est inscrit en gros "appuyer pour ouvrir". J'appuie et la porte à battants s'ouvre comme par magie. Une porte de plus et je serai dehors.

Dans le hall de l'hôpital, se forme alors un rassemblement de personnel hospitaliers, d'ambulanciers, de patient et d'amis. Tout le monde m'explique nerveusement que je ne peux pas sortir, que je n'en ai pas le droit, qu'il faut qu'on me soigne.

Dans mon monde, j'explique à bout de patience que j'ai un rendez-vous important, que je dois partir, que je suis déjà en retard. Que je suis désolé mais qu'il le faut. Il le faut, compris ? La tension générale s'accroit, la frénésie aussi. Décidé à partir je profite de la vibration de peur générée par mon comportement atypique pour l'accentuer en tapant des pieds et criant fort que je DOIS partir.

Cela à pour effet de littéralement paralyser tout le monde. Un cri japonais.

Je profite de la situation pour ouvrir la porte de sortie et m'en aller tranquillement mais d'un pas décidé, laissant tout le monde coi derrière moi.

Une ambulance est arrêtée devant l'hôpital, je demande à l'ambulancier s'il ne peut pas me déposer devant le Platinum. Face au refus de ce dernier, je décide de partir à pied. Par chance, une voiture est arrêtée quelques mètres plus loin. Le conducteur est disposé à me conduire un bout de chemin. Je sais qu'il est tard mais je roule vers elle. Je souris, je suis heureux, je vais bientôt revoir ma belle.

Au bout de cinq minutes, le chauffeur me dépose sur la route principale de l'île et poursuit son chemin. Je décide alors de faire du stop.

L'AUTOSTOP

Faire du stop sur l'île n'est pas aisé, j'en ai déjà fait l'expérience de jour, de nuit l'exercice devient impossible. Dans mon état euphorique je n'y pense même pas. Le temps passe et passe au rythme des voitures qui ne s'arrêtent pas.

Mon but est de rejoindre la femme qui doit maintenant m'attendre depuis pas mal de temps, je suis décidé à y parvenir coûte que coûte. Je déteste ne pas être ponctuel, d'autant que c'est pour rejoindre une belle femme.

Je retente donc le stop. Tout d'abord normalement, sur le bord de la chaussée. Puis, voyant que personne ne s'arrête chaque fois un peu plus vers le milieu de la route jusqu'à directement tendre mon bras au milieu de la nationale. Tout le monde m'évite, les gens me regardent comme si j'étais un fou. Je suis fou, je ne sais donc pas que c'est dangereux de se promener seul la nuit sur l'île ? Dangereux de faire du stop au milieu de la route ?

Je tente tous les moyens possibles et imaginable pour rejoindre ma belle. Je cueille des fleurs sur mon passage et offre, un genou à terre, le bouquet aux conducteurs, je me jette sur le sol pour simuler la mort, pour voir si quelqu'un s'arrête. Un camion arrive, je me jette devant lui au dernier instant. Il gesticule et klaxonne. Il s'arrête à cinquante centimètres de moi. Aucune peur. Il m'évite et repart en signifiant par gestes que je suis fou. Personne ne s'arrête. Evidemment. Je deviens fou. Mon comportement en témoigne. Impossible que personne ne soit capable de me prendre en stop ! La peur de l'agression est-elle si grande sur l'île ? Il est vrai qu'on m'avait prévenu. J'en ai la preuve.

Je n'ai pas conscience que mon comportement, porté par mon désir de retrouver celle qui m'attend et par la crise qui m'étreint, y est pour beaucoup.

Après avoir marché longtemps, trop longtemps, dans ce que je considérais être la bonne direction, je décide de retourner à la maison. Je pense que si patiente qu'elle puisse être, la jeune femme ne doit plus m'attendre. Je suis désespéré et profondément déçu de n'avoir pas pu être au rendez-vous. Assis sur le bord de la route, je pleure, je suis inconsolable.

Dans mon pèlerinage nocturne, mes larmes séchées mais les yeux rouges je tente de téléphoner au Warrior café en demandant dans tous les bars que je rencontre sur ma route qu'ils cherchent le numéro dans l'annuaire ou sur le net. Je sais que le patron a sans aucun doute le numéro de mon ami local. Moi je ne l'ai pas. Je voudrais l'appeler pour ne pas qu'il s'inquiète, pour qu'il vienne me récupérer. Immergé dans mon monde, je reste néanmoins lucide sur certains points. Même s'il semble évident que mon ami doit déjà être inquiet, il vient quand même de me voir m'échapper d'un hôpital ! Téléphoner, fais partie de mes restes de lucidité. Une chose simple et évidente en temps normal, toute une épreuve de nuit à Saint martin côté hollandais. Je ne parviens pas à le faire, incroyable. Personne ne semble comprendre ce que je dis, tout le monde semble drogué. Tout le monde est drogué. Sensations étranges. Certains m'interpellent pour me vendre quelque chose. D'autres errent simplement. Un toxicomane blanc comme un linge et recroquevillé me donne une vibration de mort. Je frissonne. Hypersensible, ça m'effraye. Brrr !

Dans le dernier café où je tente de téléphoner, j'aperçois le film Matrix passer sur un petit écran situé au-dessus du bar. Je me demande dans quelle réalité je me trouve, bloqué sur cette portion d'île incapable de trouver un moyen de transport ou de téléphoner, incapable de rentrer. Dans le bar, j'essuie un échec de plus, la patronne refuse de me prêter son portable ou de l'utiliser pour m'aider. Peur du vol ? Peur, peur, peur… Cette île paradisiaque semble régie par la peur.

Je décide de faire quelque chose pour retourner chez mon ami. Je vais prendre un taxi. Exercice simple dans certains cas, impossible ce soir-là. Je n'ai sur moi que mes cartes bleus et le peu de taxis que je parviens à arrêter n'acceptent pas la carte. Il faut trouver un autre moyen, la fatigue d'avoir marché dans tous les sens durant des heures commence à se faire sentir.

Par chance deux toxicomanes avec une fourgonnette sont arrêtés à une station-service. Je m'approche et leur propose qu'ils me ramènent au prix d'un taxi, quarante euros. Ils acceptent sans trop savoir pourquoi. La conversation s'engage en mauvais anglais sur l'Espagne où j'habite, le Real Madrid, puis tourne court. Ils sont trop drogués. Arrivés devant l'embranchement de la route qui mène chez mon ami, route de colombiers, je leur demande de stopper et descends rapidement de la voiture. Moi, rapide et vif malgré mon errance nocturne, eux, trop shootés pour comprendre ce qui leur arrive, les toxicomanes repartent sans se faire payer. Mission accomplie.

Je rentre à la maison. Sur la terrasse, tous mes amis sont là, réunis. Salutations normales, personne n'évoque l'épisode de l'hôpital. Je n'en ai même plus conscience. Tout semble rentré dans l'ordre. Tout semble normal. Étrange. Je ne m'en soucie pas. C'est le calme avant la tempête, je ne le sais pas. Mon ami, en qualité de local et de guru du petit groupe, opine alors que vu que tout le monde est là, une petite virée s'impose. Je suis fatigué mais ne manquerais pour rien au monde une sortie avec mes potes.

Sur mon t-shirt noir, acheté en début de semaine à la petite boutique du Boo boo jam, il est écrit en toutes lettres "carpe diem", profite de l'instant présent. Je suis disposé à le faire. Tout le monde monte en voiture. C'est reparti ! On va à l'Essentiel ! !

L'ESSENTIEL

Le bar où j'ai choisi de retourner ce soir, dix ans après les faits, en mode pèlerinage, s'appelle l'"Essentiel". Rétrospectivement on aurait dû le nommer "l'Embuscade". Une façon d'affronter ses démons.

Souvenirs... Tout va bien, on est là tous les quatre. Les tournées de Présidente se succèdent lentement mais sûrement, rajoutant au bonheur d'être ensemble une saveur locale. Un groupe joue en direct. Un endroit sympa, quelques bières, de la bonne musique, de bons amis. Une joyeuse complicité flotte dans l'air. Un cocktail parfait ! Enfin, presque parfait. Presque, parce qu'il y a dix ans, au même endroit et avec les mêmes amis, on m'en avait préparé un différent qui m'avait conduit directement aux urgences psychiatriques. J'aurais pu le prévoir, je voyais bien que mon ami ne cessait de sortir, qu'il se passait quelque chose. Je n'y ai même pas pensé. Euphorique, j'étais euphorique à ce moment-là.

Pour les bons amis, les surprises se font par derrière, comme pour les arrivées à l'aéroport. Il vaut mieux d'ailleurs, je les avais quand même laissés plantés à l'hôpital de Grand Case et étais réapparu comme si de rien n'était quelques heures plus tard avec un grand sourire. Mon comportement était chaque fois plus bizarre j'étais devenu inquiétant, mais rien ne semblait troubler mes amis. Rien ne me troublait. Néanmoins, quand il le faut vraiment et quand on est des potes, on sort les grands moyens et l'hôpital l'ambulance. Sans rancune.

Quelques pirates locaux pointent leur nez de requin. Echange de saluts. Addition. Trois francs, six sous. Mon ami local offre les tournées. Merci.

Heureux d'être ensemble, nous sommes à l'endroit parfait au moment parfait, comme dirait un ami espagnol.

À côté de nous, une petite rouquine rayonne dans la lumière d'un spot. Mon ami graphiste et moi-même commentons en esthètes l'effet frisant qu'arbore les cheveux de la belle. On fait des photos avec les yeux et avec le cœur. La Beauté vient de s'inviter à la soirée.

L'INVITATION

La Beauté s'était invité pour moi durant les trois soirées précédant mon évasion de l'hôpital, au Platinum, incarnée par une jeune femme impressionnante, une pure beauté drapée d'un ensemble en crochet blanc qui laissait entrevoir la naissance de seins naturels parfaits.

Le surlendemain de mon arrivée, après une nuit de sommeil et une nuit blanche causée par le « jet-lag », et certainement le sevrage des médicaments, la fine équipe avait suivi notre ami local pour faire rapidement le tour de l'île. Le Platinum est un des endroits incontournables. Mon ami nous ayant fait rêver à distance grâce à une visite virtuelle, une de ses nombreuses spécialités en photographie, c'était maintenant l'occasion de vivre le rêve en réalité.

Une bouteille de Champagne nous avait accompagnés dès notre arrivée au bar, coin des patrons. Le Champagne, Veuve Cliquot, était là pour fêter les retrouvailles. Une façon de ne pas faire les choses à moitié. J'avais offert la bouteille, ça me faisait plaisir, c'était mon anniversaire, ça leur faisait plaisir. Tout le monde était content. Deux cents euros. Aucun des trois n'avait en réalité les moyens de l'offrir mais on accepte de la partager car le moment est unique. Parce que l'on sent que c'est réellement le présent qui compte, l'amitié.

Le Platinum est le genre de bar où pullulent les belles femmes, c'est normal, elles y dansent. Certaines sur la grande piste, d'autres dansent à la barre, d'autres directement sur le bar. Le plaisir pour les yeux est complet.

Après avoir trinqué avec mes vieux amis et mon verre toujours à la main je m'étais retourné pour me retrouver pratiquement nez à nez avec le top en crochet d'une des beautés qui emplissaient le lieu. Amoureux de la Beauté par profession et amoureux de la Femme par nature, je suis resté pantois devant ce petit bout de femme. Nous l'invitâmes à boire une coupe qu'elle accepta avec un sourire élégant. Bref, nous lui expliquons que nous l'acceptons avec nous mais que la soirée est une soirée spéciale, que c'est une soirée pour les amis, elle comprend. Elle peut rester mais je la supplie de ne pas bouger d'un cil, trop de beauté d'un coup peut rendre fou. Elle ne bouge pas, sauf un peu parfois, ce qui me rends fou évidemment. Elle participe un peu à la conversation. Un réel plaisir. Difficile de résister, lorsque l'on a eu devant ses yeux l'incarnation même de la grâce. Mais je résiste, l'heure viendra , je le sais, où je pourrai en savoir plus sur la belle. Nous reviendrons sûrement ici durant le séjour. Je reviendrai. Je viens de tomber en adoration...

La bouteille terminée, nous décidons de continuer notre visite nocturne des bars laissant, à mon grand regret, la Beauté derrière nous.

Le lendemain et surlendemain, je reviendrai, seul, en espérant retrouver mes amis partis de leur côté. Je pensais qu'ils passeraient là sans aucun doute. En fait d'ami, je retrouve sans la chercher, mais tout en espérant secrètement la revoir, la fameuse danseuse.

Le Champagne s'impose, cette fois en hommage à la Beauté. La carte bleue fonctionne, parfait. Le Champagne, toujours Veuve Cliquot, nous ouvre une table. Je me laisse porter par lc charme de cette femme qui me démontre, qu'en plus d'être une pure beauté, elle a une conversation intéressante et pleine d'humour. Je suis séduit, littéralement séduit. La conversation est variée, agréable, la compagnie délicieuse. Je parle, beaucoup. Normal dans mon état...

Je la fais rire avec mes questions, je la teste, je veux savoir qui elle est réellement, je veux savoir si elle est celle que je pense, celle que je recherche.

Lorsqu'elle s'absente un instant, je disparais, puis réapparais peu de temps après qu'elle fût revenue à la table. Rapide et vif. Elle me fait remarquer qu'en partant j'ai oublié mon portefeuille et les clés de la voiture sur la table, que c'est dangereux. Je lui dis en riant que le seul danger ici c'est moi, que je n'ai pas d'argent à voler et que l'on est sur une île alors que celui qui me volera la voiture n'ira pas loin. En réalité je ne les ai pas oubliés, je les ai laissés volontairement, rien n'a d'importance maintenant qu'elle est là. Rien.

Le Champagne m'accompagne lors de mes deux visites, une danse accompagne à chaque fois la Veuve Cliquot. La carte bleue accompagne chacun de mes gestes sans sourciller, facile, sans douleur. Je me sens comme un millionnaire prenant du bon temps. La grande illusion... Jusqu'à quand ?

Ce soir-là lorsque je sors du Platinum, je regarde sans le savoir une dernière fois les yeux de la belle. Je sors avec un sourire, en pensant les revoir le lendemain.

Demain, c'est le jour de congé de la danseuse et ce soir-là au cours de la discussion, elle a accepté mon invitation au restaurant. Je suis heureux, simplement heureux. Presque euphorique.

Demain, je vais passer une soirée en tête à tête avec celle qui est peut-être, mais j'en suis convaincu depuis le premier jour, depuis la première seconde, la femme de ma vie... Excès de précipitation ? Euphorie du moment ? Euphorie tout court ? Peut-être... Et alors ?

Rendez-vous à 20 h 00 devant le Platinum. Sans problème, j'y serai quoi qu'il arrive. Deux bises.

L'EMBUSCADE

Mes amis sont avec moi, la Présidente a un goût d'amitié. À l'Essentiel, la Présidente remplace la bouteille de champagne du Platinum, le plaisir est le même. Presque le même.

Une petite rouquine esquisse un sourire en passant à côté de nous, un ange passe.

Quatre amis trinquent en hommage à la Beauté directement avec le col de leurs bouteilles en se regardant droit dans les yeux. Chez les romains, selon la légende, cela permettait de voir si l'autre ne cherche pas à nous empoisonner. A priori, non, tout va bien. Tout va bien ? Tout semble aller bien en réalité, comme si rien ne s'était passé. Mais que s'est-il passé ? Je vis l'instant présent sans souvenir du passé proche, des évènements récents. L'hôpital, l'errance...

Un groupe de musique ajoute une touche aux sonorités très agréables à ce lieu. Ca me fait vibrer, j'en ai la chair de poule... Je suis hypersensible, j'aime ça. J''apprends que mon ami local a l'habitude de faire un bœuf avec eux de temps en temps, génial. En plus d'être un grand photographe c'est un bon musicien. J'aime l'idée du mélange des genres. Photographe/musicien pour lui, pourquoi pas photographe/écrivain un jour pour moi ?

Je me mets à rêver... Je commence à voir grand, je vois ce jour où je serai millionnaire, où je pourrai lui financer un studio d'enregistrement, le jour où nous créerons ensemble un magazine réservé aux millionnaires, accessible exclusivement par flash code. J'en parle à mes amis. Beaucoup. Trop. Je délire.

Je ne m'en rends pas compte mais je délire.

Mes amis le voient, ils tentent tant bien que mal de conserver leur calme, de ne pas me contredire. Il y a dans l'air quelque chose de trouble, quelque chose d'imperceptible. Une sorte de malaise. Je suis en crise. Il faut agir.

Depuis la France, depuis l'Espagne, les coups de fils se sont succédé pour leur expliquer ce qu'ils avaient à faire. Pas facile.

L'ambiance est parfaite à mon goût, pas à celui de mes amis, mais je ne le sais pas. Je parle beaucoup, je gesticule beaucoup, je m'exprime haut et fort. Ce n'est pas normal, mes amis le savent. Et puis je viens quand même de m'échapper de l'hôpital et de disparaître quelques heures sur l'île ! ! Je n'en ai plus conscience.

La soirée se passe à merveille lorsque mon ami local, toujours dans son rôle de leader du groupe, nous invite à sortir, en prétextant de continuer la soirée ailleurs. Un classique de ces derniers jours, jusque-là rien d'étrange.

Ailleurs, il ne pouvait pas mieux dire, mais je ne le sais pas. Chose étonnante, au lieu de se diriger droit vers sa voiture garée juste devant le bar mon ami bifurque brusquement en angle droit sur la droite. Je me fais la réflexion mais en bon mouton de Panurge qui en est à sa quatrième Présidente, je suis mon mentor.

D'un seul coup d'un seul, une bande de forcenés me sautent dessus par derrière et se saisissent de moi. Mes amis ne font rien. Ils observent. Non-assistance à personne en danger ? Assistance à un ami dangereux ? Je ne crie pas, trop tard, j'ai compris. Du côté des assaillants on s'agite, on se démène, on parle fort, tout va très vite. Pour moi, c'est rapidement le trou noir, qui se transforme en gros dodo juste après la douleur dans les fesses qu'une seringue au cocktail calmant m'inflige.

Je n'ai rien remarqué. Pas de sirène et même pas de lumières sur l'ambulance, peut-être pour ne pas m'effrayer. Je n'ai pas eu le temps de voir le coup venir. Bravo l'ami ! Digne d'un grand ami, tout en douceur, digne de son tempérament zen perpétuel. Je n'ai pas eu le temps de voir la tête de mes deux autres amis. Il faisait trop nuit, c'est allé trop vite. Dommage. Je sais que mon ami a le sentiment d'avoir bien fait. Il a raison. Il l'a fait pour mon bien. Ça faisait trop, il fallait qu'il me protège, il fallait qu'il protège sa famille. Les enfants ont pleuré, parait-il. Il fallait faire quelque chose. Il l'a fait pour son ami comme un pro qu'il est, propre et efficace. Il est surement soulagé de me voir dormir sur ce brancard qu'on emporte. Soulagé mais avec une pointe au cœur, conséquence de la rage d'avoir dû en arriver là. C'est comme ça, parfois il faut savoir agir. Il le sait. Maintenant mon ami local sait qu'il doit gérer ses deux autres collègues. Jamais facile de voir un pote partir sur un brancard, surtout si on se sent un peu responsable, surtout si on l'est.

Dans mon sommeil, je souris parce que je sais que j'ai des amis. Ils viennent de me le prouver, de mettre fin à la spirale qui m'emportait.

Ambulance. Sirènes. Une fois de plus je ne les entends pas, trop shooté par les calmants. Je suis tombé dans l'embuscade...Direction l'hôpital psychiatrique.

HOUDINI

Hôpital psychiatrique de St Martin. Les jours ne se comptent pas, le temps n'existe pas, impossible de compter, trop de calmants. Sur les quatre ou cinq jours passés ici, deux seulement semblent avoir existé. La pièce est exigüe, trois mètres sur deux. Sur ma gauche, une lumière artificielle fait office de lumière du jour. Elle s'allume et s'éteint au rythme de la vraie lumière, celle qui est à l'extérieur de cette pièce. Sur ma droite une porte fermée à clé ornée d'une petite lucarne de vingt-cinq centimètres sur vingt. Un poste d'observation pour infirmiers et docteurs. Tant que j'étais dans mon sommeil je ne m'en étais pas rendu compte, maintenant oui, je suis attaché ! ! Pieds et mains. Je ne me rappelle pourtant pas avoir été digne d'un forcené. Je ne me rappelle pas avoir mis le feu au bar de l'embuscade, d'avoir agressé quelqu'un ou d'avoir tenté de me suicider. Bref, je ne m'explique pas pourquoi je suis attaché comme un dément sur ce lit. Jamais je n'aurais pu imaginer en arriver à ce point un jour. Jamais. Dans un flash je me rappelle du physiothérapeute de Santa Faz. Je sais maintenant comment il devait se sentir... Personne autour. J'appelle mais je n'ai plus de voix, je n'ai pas arrêté de parler ces derniers jours. Trop.

Finalement dans mes premières heures de reprise de connaissance je vois passer du monde, on m'apporte ce qui est censé être de la nourriture. On me détache une main pour que je puisse manger. Ce n'est pas de la queue de homard, pourtant spécialité locale. Je me demande à quel moment, dès lors que l'on se transforme en patient, on cesse d'être une personne. Je les excuse, nous sommes sur une île, peut-être n'ont-ils pas les moyens de cuisiner correctement. Le service laisse vraiment à désirer chez les fous, ou cela vient d'une certaine résignation du personnel obligé de supporter tous les jours les simagrées de leurs semi-légumes médicamentés.

Une envie pressante et naturelle est une envie pressante et naturelle, à Denia ou à Saint Martin. L'envie m'assaille, elle m'oppresse. Le fait de recouvrer mes esprits après quelques jours de coma forcé y est surement pour quelque chose. Ceci dit, il m'est difficile de m'exécuter. Je me rends compte à l'odeur que dégage mon jean que j'ai déjà dû le faire dans mon long sommeil. Question d'hygiène, je crie mon désir d'uriner à chaque fois que je vois une tète pointer son nez à la lucarne mais, sans voix, mes appels restent plaqués contre la porte. Depuis l'autre côté. On me regarde, on doit surement penser que je suis dans une phase de démence… Bien plus tard, un bruit de clés annonce l'ouverture de la porte. Une infirmière entre. Je réitère mon désir de faire mon besoin. Elle me montre un flacon en forme de haricot et m'explique que je dois le faire là-dedans. Encore sous l'effet des piqûres et des cachets, et analysant le contexte, la pièce, l'isolement forcé, j'accepte et m'exécute une fois l'infirmière partie. S'exécuter n'est pas chose aisée lorsqu'on est pieds et mains liés. Se déplacer sur le flanc, attraper le haricot avec la main finalement laissée libre à ma demande - un luxe - y parvenir tant bien que mal. Pas spécialement une partie de plaisir. Fatigué de ce régime contraignant et avec régulièrement des envies pressantes, je réitère mon désir qu'on me libère le temps de pouvoir utiliser des toilettes et de faire un peu la mienne en même temps. Ma voix cassée ne doit pas porter car la réponse est toujours négative. Je patiente. Patiente encore.

Plus tard, peut-être le lendemain, mon envie devient une urgence. Je commence à crier derrière la porte de plus en plus souvent. Je veux aller aux toilettes ! Une chose simple, une chose très compliquée. Non seulement à cause de mes entraves mais aussi à cause de ma voix et de la faible périodicité du passage des têtes dans la lucarne. Je commence alors à observer mes attaches. Des bandes en corde, avec des scratchs et une sorte de rivet noir pour attacher le tout. Pas facile à défaire, j'essaye quand même. Tentative vaine. Face à mon incapacité à me libérer, je patiente encore. Deux jours ou trois jours que je suis attaché, environ. L'envie se soulage certes mais celle de le faire dans de bonnes conditions reste très présente. Alors je crie de ma voix cassée pour essayer d'attirer l'attention. Je ne sais pas encore qu'un sas me sépare du couloir où passent les infirmiers et autres patients. Peu importe, ma voix ne passe pas la porte. Je patiente, crie, patiente, crie. Je m'impatiente.

Il se passe alors quelque chose d'extraordinaire. Dans un effort soudain de me libérer, je donne un coup de bras et le rivet qui me retenait libère la sangle. Fort de cette expérience et ne voyant pas venir les infirmiers pour pouvoir réitérer une énième fois ma demande, je décide d'essayer de me libérer. Maintenant à moitié assis sur mon lit d'infortune, je tente de retirer avec les mains les rivets qui me maintiennent les pieds. Je tire de toutes mes forces, tourne le rivet. Impossible. Je n'arrive pas à comprendre de quelle façon ils sont fixés. Je me rallonge et décide alors de donner des coups secs avec les pieds pour tenter de réussir ce que j'ai déjà réussi avec une main. Le temps passe, les infirmiers non. C'est peut-être la nuit. La lumière est éteinte. Mon besoin naturel reste présent, lui par contre, et me brûle le ventre. Je parviens à faire voler le rivet de mon pied gauche d'un coup sec, le pied droit devrait être un effort supplémentaire mais je sais désormais que c'est possible. Comment, je ne le sais pas mais ma réalité est en train de me le prouver. Alors je tente et retente, envoyant des coups de pieds dans l'air. Lorsque mon pied droit est enfin libéré et que le dernier rivet a volé, mon premier geste est de me lever et d'aller à la lucarne.

Je ne me sens pas libre car je ne me sentais pas prisonnier. J'étais là, endormi, pour mon bien et celui de tout le monde. Je le sais et ne cherche pas plus loin. Carpe Diem, vivre l'instant présent. L'instant présent a pris une drôle de tournure depuis ma sortie du bar de l'Essentiel mais je l'accepte sans souffrance, les médicaments aidant. Providence ou coïncidence, lorsque je pointe mon nez à la lucarne j'aperçois un infirmier et un docteur discuter dans le sas. L'expression de peur de l'infirmier et celle de stupéfaction du docteur de me voir ainsi debout dans la pièce, alors que je devrais être sagement attaché comme un forcené sont dignes de la meilleure interprétation des acteurs d'un film de Lelouch. Aussitôt il y a de l'agitation dans l'air mais les choses semblent avancer, quelqu'un vient ouvrir la porte. J'explique calmement, avec ma voix cassée et fatiguée d'avoir trop crié dans le vide, que j'aimerais aller aux toilettes et me passer un brin d'eau sur le visage. On m'explique gentiment mais avec un peu de crainte dans les yeux que ce n'est pas possible et que je ne peux pas me détacher ainsi. La preuve ! Mais là n'est pas l'important, j'ai une envie pressante, urgente d'uriner dignement. Les gestes cèdent rapidement la place à la parole quand une flopée d'infirmiers se jette sur moi comme des forcenés pour me réduire. Me réduire à quoi ? Je n'ai même pas le droit d'uriner simplement, sans être obligé de faire le contorsionniste. J'ai été obligé de faire comme Houdini le magicien et me surprendre moi-même pour me détacher et voilà que quatre ou cinq forcenés s'acharnent sur moi, me font voler dans les airs pour me repositionner en face de mes attaches. On sent la peur générée par le stress, il y a comme une sorte de frénésie qui s'installe au point que personne ne se rend compte que je ne suis pas en train de me débattre. Je dis sans que personne ne daigne m'écouter que je ne me débats pas, que tout va bien, qu'il n'y a pas de problème. Je-ne-me-débats-pas. Personne ne m'écoute et tous me pressent sur le lit pour ne pas que je bouge. Je m'amuse de l'incongruité de la scène : quelques forcenés attachent à un lit un homme calme. Une fois le travail fait, on sent du soulagement, un soulagement relatif dû au fait que le forcené officiel est a priori capable de se détacher. Incroyable.

Face à ma tranquillité, due en partie aux calmants qui m'ont été prodigués, les infirmiers décident le quatrième jour de me libérer. Je dois repartir en métropole le lendemain, mon ami va venir me chercher. Je profite de ma libération pour aller aux toilettes puis me promène dans le couloir de l'Hôpital à la rencontre des autres patients. Ils parlent peu, pour ne pas changer. L'hôpital en soi est petit, deux ou trois baraquements. Dans la cour, je jette mon dévolu sur une chaise seule au milieu du gazon. Je prends le soleil, je sens ses rayons me transpercer, me réchauffer. Je me sens en vacances dans les Caraïbes ! Mon ami tarde à venir, on m'explique qu'il ne viendra pas, qu'il ne viendra que demain. Je me résigne, il n'y a pas d'autre choix. J'aimerais pourtant partir de cet endroit où la conversation avec les autres patients est aussi réduite que celle des toxicomanes de l'île.

Après une journée à errer entre le coin télévision, le couloir et la petite cour, on m'alloue une chambre. La chambre est pour deux personnes. Mon compagnon d'infortune, un molosse colossal, est un personnage. Il a la mauvaise habitude de croire que tout lui appartient. Il s'est déjà accaparé, dans mon placard, de mon polo Lacoste et ne semble pas décidé à vouloir le lâcher. Vu la mine dépitée des infirmiers face à l'évènement, et la taille du personnage, je comprends bien vite que je viens de perdre un vêtement. Si ça permet de tenir tranquille le molosse c'est un moindre mal. Lorsque ce dernier décrète que le contenu du placard lui appartient, je lui explique gentiment que non mais que je suis heureux de lui offrir le polo. Certainement peu habitué à autant d'attention, le molosse cède. Je rentrerai donc avec les quelques affaires que mes amis m'avaient apportées en cas de besoin. Etant donné mes conditions d'hospitalisation je ne m'en suis pas servi, je n'ai pas pu me changer. Je pue la pisse. Dégueulasse.

À l'heure de dormir, le molosse n'a pas sommeil. Il devient agité. Je me dis que finalement je n'étais pas si mal que ça dans ma cellule, si je fais abstraction de mes attaches, et que des attaches il lui en faudrait peut-être au molosse. Attiré par l'ordinateur qui faisait étonnamment partie des affaires dont je disposais, le molosse a décidé d'en apprendre le fonctionnement et il semble difficile de le déloger de devant l'écran. Une longue négociation s'engage alors sur le concept de propriété privée. Prêt à perdre un polo je ne compte néanmoins pas offrir mon mac book pro. Le tact et la persuasion fonctionnent. Je récupère mon ordinateur, le range avec mes quatre affaires et languis le départ du lendemain. L'idée de passer une nuit à côté de lui ne me réjouit guère. Par chance, pour une fois, les infirmiers débarquent avec un grand verre de calmants et parviennent à convaincre le colosse à l'ingurgiter après un quart d'heure de négociations. Sous l'effet des calmants, mon compagnon de chambre s'endort rapidement et moi je peux dormir en paix. Je réalise combien le fait de voir un forcené endormi peut procurer de relaxation. Je respire.

Mon ami est arrivé en milieu de matinée. Tranquille, comme à son accoutumée. Un infirmier me tend un papier, je signe. Formalité réglée. Je m'en vais en laissant ma chambre spéciale, un molosse endormi et une chaise au soleil. Aucun regret.

Nous achetons un sac plein de médicaments à la pharmacie du coin, de quoi rassurer tout le monde. À cette heure de la journée, il n'y a pas trop de monde sur la route. Ça roule bien. Aucun autostoppeur sur le bas de la chaussée, nous sommes tranquilles. J'ai un petit pincement au cœur en passant devant le Platinum. Envie de m'arrêter, de lui donner une explication. Quelle explication lui donner ? Pas le temps. Et puis, il n'y aurait personne de toute façon, pas à cette heure-ci. Pas le temps pourtant il n'y a pas d'urgence, on est en avance. Pas d'ambulance ni de sirènes non plus. Juste le bruit de la radio sur la route qui mène à l'aéroport de Julianna, et mes trois amis silencieux dans la voiture. Ils ont l'air fatigués. Ils ne savent pas trop de quoi parler. Ça a été une expérience forte pour tout le monde. Près de l'aéroport, on passe devant un bar, pas le cœur de s'arrêter. Pas de Présidente, plus de Veuve Clicquot.

Devant la porte des départs, on s'embrasse, on se regarde, on se dit que sûrement que ça va aller mieux. Pour tous. On me dit de faire attention de bien prendre mes médicaments. Puis, on se quitte. On sait que l'amitié est toujours là, on sait qu'elle a été mise à l'épreuve mais qu'elle a résisté. Je suis dans le coton, toujours shooté par les médicaments de ces derniers jours. Je rentre chez moi en laissant derrière moi un ami fidèle, la femme de ma vie, une île paradoxale et des souvenirs comateux.

Dans l'avion qui nous ramène sur Paris Orly, je suis dans le coma. Aucune notion de rien. Vague souvenir de l'arrivée à Paris, du frère de mon ami graphiste qui est venu nous chercher. Rien de plus.

Retour ensuite en Espagne, complètement dans les vapes mais sans anicroche. Trou noir causé par les médicaments, comment ai-je pu prendre l'avion seul dans ses conditions ? Impossible de le savoir. Mais j'arrive à bon port. Ma compagne me récupère, excédée.

J'ai vécu une crise d'euphorie de plus, j'ai dépensé pratiquement tout ce qui me restait d'argent, j'ai rencontré la femme de ma vie, mis mes amis dans l'embarras.

Il va falloir prendre des décisions, je le sens. Il va le falloir.

FIN DES VACANCES

Fin des vacances. Comme c'est passé vite ! Une semaine. Entre apéros au Love, diner au Pressoir, repas au Taste-vin et orchestre en en direct à l'Essentiel. Entre balades sur l'île côté hollandais pour aller y voir les bateaux et farniente sur la plage a Orient Bay. Entre soirée champagne pour fêter nos anniversaires au Platinum et une sortie au Shore. Nous n'avons pas vu le temps passer. Tout est allé si vite. Comme dans un rêve...

Je regarde autour de moi. Mon ami graphiste a décompressé, je sens qu'il est maintenant plus relax. Mon ami artiste a fait quelques bons contacts, il est heureux. Mon ami local est satisfait, cela se voit, d'avoir partagé des bons moments avec nous trois cette fois dans de bonnes conditions.

Pour ma part, j'ai bien avancé, je suis content. Plus que quelques chapitres à arranger et mon nouveau roman devrait être fini. Ça m'a fait du bien de m'évader, de prendre un peu de repos, d'être avec mes amis sur cette île qui me rappelle tant de souvenirs, bons et mauvais, sur cette île qui m'inspire. J'y ai passé un séjour fantastique, je suis heureux, sur un nuage.

Mais il est un temps pour tout. Nous rentrons sur Paris. Ma femme m'y attend.

À mon retour j'ai une décision à prendre, un ami m'a téléphoné, il y a une belle opportunité à saisir dans la zone de la Zagaleta de Marbella. À voir...

L'Espagne se rappelle à mon souvenir...

LE DERNIER DIMANCHE

Ma décision est prise. La sienne aussi. Je me sépare de ma compagne et retourne en France. Fini l'Espagne.

Nouveau départ. Retour à zéro. Il le faut, la situation ne peut plus durer. Pour elle autant que pour moi. Je ne suis pas heureux. Elle n'est pas heureuse. St Martin est la crise de trop.

Je fais mes valises, elle m'aide.

Je n'ai plus ma place à Calpe.

Mon avenir est là, devant moi, trouble et incertain. Je n'ai pas peur, je suis simplement dans l'expectative de voir ce qui va se passer. J'ai un futur à reconstruire, complètement. Un nouveau défi.

Sur le départ, je ressens comme une certaine nostalgie. Le dimanche avant de partir, seul, je m'en vais flâner, m'imprégner une dernière fois de cette sensation de plénitude que provoque le fait d'être face à la mer, face à son destin.

Je prends mon Ipad et fixe mes émotions, comme j'aime le faire parfois. J'aime écrire.

J'écris : « Le Temps est là, devant moi, presque immobile. Je m'arrête un instant de bouger, de respirer, dans une tentative de ne pas l'effrayer. Un rêve, le Temps est suspendu là, devant mes yeux incrédules, quasiment palpable. Durant un court instant j'ai failli y croire… Impossible autrement, il semble si réel ! Tout lentement, sous la forme des promeneurs du dimanche profitant des premiers jours de redoux pour se risquer sur la plage, le Temps passe fièrement sous mon nez au rythme de leurs pas. Je pourrais presque le toucher, preuve irréfutable de son existence…

La musique d'ambiance de la Champañeria, un endroit magique et luxueux, étrangement vide en ce dimanche de février, ajoute une touche musicale très agréable. La vue imprenable sur la mer, le vent qui fait onduler sans précipitation les rames d'un palmier, la piscine qui scintille d'un feu ardent, le mobilier aux formes et couleurs douces et harmonieuses, le cappuccino servi dans les règles par une serveuse aimable, tout semble s'accorder pour que l'harmonie règne en ce jour.

Là-bas, un peu plus loin, un couple, dans l'espoir de figer un instant de bonheur furtif partagé pour toujours, se prend en photo à bout de bras. Image virtuelle de nous figés sur la rive, un paysage à l'horizon tordu en toile de fond. Souvenirs ensuite empilés de moments vécus à deux. Preuve irréfutable du bonheur passé. Peu à peu, comme attirés par le vide, de petits groupes de touristes se joignent à moi, ajoutant un fond sonore parasite, rompant un peu la paix du lieu, mais à vrai dire peu incommodants. Le lieu impose le respect et la décence par lui-même.

C'est un dimanche comme les autres. Enfin, en réalité, pas tout à fait. Celui-ci est le dernier avant mon départ d'Espagne. Le dernier après quatorze ans de vie passée en ce lieu. Deux cycles de sept, comme j'aime m'entendre dire, comme si les chiffres m'importaient. C'est peu, c'est beaucoup. Peu importe en réalité car le Temps n'existe pas. En tout cas pas selon moi. Bien sûr, les gens, les choses changent, les évènements se succèdent, il est des milliers de choses qui permettent de démontrer que le temps passe. Moi, je n'y crois pas. Certes, comme lorsque je suis arrivé en ce lieu, il est parfois presque palpable dans l'atmosphère. Presque c'est le mot. Le Temps est presque palpable, presque réel. Pour moi, il n'existe pas. Pour moi, bien évidemment le temps créé par l'Homme existe mais il n'existe que pour arriver à l'heure au rendez-vous des amis. D'ailleurs, je n'aime pas les chiffres non plus, quoi qu'ils cherchent à définir. Un million huit cent mille, deux, quatre-vingt-trois milliards neuf cent trente-cinq millions virgule huit cent douze, sept. Ridicule. À la limite seul le zéro me semble intéressant, même si ce n'est pas un chiffre. Le début de tout, la fin de tout. Zéro, je repars à zéro…

Dans le continuum de la vie, l'espace qui m'accueille a vibré de rires tonitruants, de confessions de femmes divorcées et de coups de téléphone. Un Grand-Marnier, accompagné d'amandes grillées salées, m'ont tenu compagnie tandis que les sofas se vidaient et le bruit s'atténuait. Dernier dimanche sur Calpe, tout est en suspens. Seule la lumière du soleil, qui a désormais laissé place à une lumière d'ambiance réchauffée par des bougies design permet de comprendre que les choses ont changé, que le temps a passé. Le soir couvre lentement la plage de son manteau de nuit. La piscine scintille encore mais désormais, de jeux de lumières violacées. Les canapés attendent les clients du soir, champagne au menu… Le lieu est un écrin parfait pour les épicuriens.

Les signes ne trompent pas, il va falloir y aller. Je m'emplis le cœur et les yeux une dernière fois de sensations chéries, finis mon eau plate, et range l'Ipad qui m'a permis de mettre par écrit mes émotions. Un salut amical envers la serveuse, échange de sourires. C'est mon dernier dimanche. » Adieu Calpe.

UNE VIE DE CHIEN

Codognan, Gard, France.

Remise des compteurs à zéro.

Retour chez ma mère.

J'ai de la chance dans mon malheur, elle me lance une bouée de secours en me proposant de revenir en France pour essayer d'y refaire ma vie, d'y trouver un travail normal. Un travail normal.

Loin, je suis très loin, de mon rêve d'être millionnaire, de vivre avec la femme de ma vie. Je suis chez ma mère à quarante ans passés, seul. Une honte. La mienne, celle de n'avoir pas réussi, celle d'avoir détruit tout ce que j'avais créé, tout ce que je détenais : une vie normale, une compagne. J'assume, mal, mais j'assume.

La maison est agréable et j'ai une chambre indépendante aménagée dans les combles. Mais au fond, je me sens comme un chien abandonné recueilli par quelqu'un.

Du fond de ma niche, j'observe ce qu'il se passe, j'analyse la vie de ma mère et de son mari, leur relation incroyable. Une façon de réfléchir sur le type de relation que je veux, moi, par contraste. Une chose est sûre, pas celle-là.

Seul dans ma chambre, un peu désœuvré il est vrai, je chasse la solitude en écrivant sur ce qui me semble être une vie de chien.

J'ai toujours aimé écrire, même dans les pires situations. Même maintenant, même ici.

Alors je prends mon Mac book pro et j'écris :

« Après quelques années à faire semblant, ils en sont là à vivre en chiens de faïence. Une vie de chien. Il a ses habitudes, elle a sa vie sociale. Leur seul point commun c'est la cuisine, l'endroit qui les réunit car il faut bien manger parfois. Il critique toujours le repas. Trop salé, pas assez salé, trop cuit, pas assez cuit, trop chaud, pas assez chaud. Il critique tout et tous de toute façon. Elle a cette bonté des gens qui ont l'éducation de se taire, cette capacité à encaisser des gens qui ont souffert. Quand il critique trop elle l'appelle “Monsieur Plus-que-parfait” avec un sourire. Il ne dit rien, il doit aimer le surnom. Il crée toujours une tension latente. Tout, chaque geste peut être sujet à critique. Elle ne partage pas sa vie avec un homme, elle partage un toit.

Quand je suis arrivé les choses semblaient bien aller. Ils sont venus me chercher ensemble. Elle était tout sourire, il était là. Je me réjouissais de les voir, d'être accueilli par eux. La maison était grande avec un beau jardin. Parfait. Je pensais que j'y serais bien. On me montra où j'allais dormir et me donna les heures des repas. Pour le reste je pouvais faire ce que je voulais. Quel bonheur d'avoir enfin un coin à moi !

Au début j'ai pensé que ce serait comme partout ailleurs, ce fut mon erreur. Je n'avais jamais vu ça, deux être si différents vivants ensemble. Elle me traitait toujours bien, avec amour, il me traitait à sa façon, avec supériorité. Comme un chien en réalité. Elle prenait soin de moi pour que je ne me manque de rien, il l'observait. Je les observais. Je voulais comprendre ce qui s'était passé. Je me taisais, toujours. Avec certaines personnes rien ne sert de se mettre à aboyer. Mais je n'en pensais pas moins. Alors ma vie passait paisiblement entre déjeuner et dîner. Quand je ne dormais pas j'allais voir ce qu'ils faisaient. Il était souvent scotché devant la télé, en pleine journée ! Elle était souvent sortie. Il me fallait alors attendre son retour pour avoir un câlin. Il ne m'en donnait jamais. Pas par méchanceté mais plutôt par ignorance. Il ignorait ce que voulait dire câliner, à sa décharge il ne l'avait pas beaucoup été étant jeune. Je l'acceptais tel qu'il était et m'asseyais quelquefois à ses côtés pour lui apporter une présence. Je n'aime pas la télé, je préfère aller me balader. Quelquefois lorsqu'elle est là nous allons nous promener. Je suis alors très enthousiaste et profite de cette sortie comme d'un jour de fête. Elle et moi avons une complicité, elle sait que je la comprends. Je la regarde, elle me regarde, il n'y a pas plus à dire. Ils ne se regardent jamais. Elle le voit, il l'observe. Etant jeunes et plein d'élan ils se regardaient, je le sais, je le sens. Elle devait être éprise de ses beaux yeux et lui de ses formes graciles. Mais le temps a passé et les choses ont changé. Elle ne voit plus l'amour dans ses yeux bleus, il ne regarde plus son corps de femme. Il a fermé son cœur, elle a fermé son corps. Ils vivent sur des rails parallèles en voulant croire, ou plutôt laisser croire, qu'ils se dirigent vers la même destination. De toute façon où pourraient-ils aller maintenant ? Après une vie ensemble, comment vivre seul ? Alors ils vivent ensemble mais seuls. Et moi je suis là. Depuis peu mais je vois tout, j'entends tout. J'ai de la peine pour eux alors je leur donne tout mon amour, c'est tout ce que je peux faire. Je ne sais pas s'ils s'en rendent compte, ce n'est pas important dans le fond. Quand on donne sincèrement on est rarement déçu. Ils s'aiment. Dans le fond on voit bien qu'ils s'aiment. Mais on dirait qu'ils ne le savent plus, qu'ils ont oublié. Je le vois dans leurs gestes, dans cette façon qu'elle a de faire attention à lui. Non ce n'est pas de l'amour passionnel, celui-là est mort depuis longtemps, mais un amour lié à l'habitude. Elle l'aime, il aime qu'elle l'aime. Ils m'aiment aussi, elle surtout. J'aime cette façon qu'elle a de me caresser la tête. Je sens qu'elle voudrait me prendre dans ses bras mais qu'elle n'ose pas. Pas par pudeur mais parce qu'elle ne le sait pas, parce qu'elle ne le sait plus. Elle n'a pas reçu beaucoup de câlins non plus étant jeune mais certainement plus que lui. Je sens qu'elle bout d'amour, mais je sens aussi que cet amour a du mal à s'exprimer, qu'elle a du mal à le laisser sortir. Moi je la laisse faire. Je l'aime, telle qu'elle est, comme ma propre mère. Parfois mon comportement ne lui plaît pas, elle crie. Une façon comme une autre d'exprimer les choses. Moi je l'écoute et souris. Elle ne peut pas comprendre ma vie, elle n'est pas comme moi. Ce n'est pas totalement vrai. Nous nous ressemblons un peu, un certain goût pour les belles choses, une façon de voir les choses. Je sais qu'elle aime ma façon de m'exprimer, de lui expliquer ce que je veux réellement. Elle aime me comprendre sans que je parle. Comment pourrais-je parler...il ne me manque que la parole. Ce n'est pas qu'elle me manque en réalité, c'est que je préfère ne pas l'utiliser. Il y a longtemps que j'ai compris qu'il est parfois préférable de se taire. Avec eux c'est toujours. Le moindre mot de travers attirerait les foudres de mon maître ! Il ne me parle jamais, il sait que c'est inutile. Il m'adresse juste la parole lorsque c'est nécessaire. Lorsqu'il sort de sa zone de confort. C'est généralement pour m'expliquer quelque chose que je sais déjà ou me donner un ordre. Je baisse alors la tête et retourne à ma niche. Elle est installée dans un coin de la maison. Un endroit où je ne dérange pas. Une façon aussi d'avoir un peu d'indépendance. Autant pour eux que pour moi. J'aime mon indépendance. Avant qu'ils ne me recueillent j'étais libre, maintenant moins, même si je conserve toujours des moments à moi comme lorsque je suis dans le jardin à me prélasser au soleil. Au vu des commentaires je sais qu'ils m'envient parfois. “Quelle vie de chien !” Ils m'envient car ils aimeraient bien prendre le temps de rêvasser. Ils ne rêvent pas, pas souvent en tout cas. Comme si rêver était inutile, futile. Alors je rêve pour eux. Je rêve d'un monde où ils seraient heureux tout simplement de vivre. Un monde où prendre le temps de vivre ne serait pas un péché, où prendre le temps de se prélasser ne serait pas quelque chose de mal. Je rêve de m'en sortir, de les laisser à leur vie, de sauter la clôture. Dans le fond, leur compagnie me plaît mais je me sens seul. Inexorablement seul. »

MYKONOS

Malgré les turbulences de ma vie je retombe toujours sur mes pattes. Toujours. Je suis un type tranquille et positif. Toujours de bonne humeur. C'est le secret de mon bonheur. Pour moi tout est parfait, tout. Pour moi, tout est relatif, le reste est absolu. Tout est relatif... Tout.

Les hauts et les bas font partie de mon quotidien, de ma vie. Je vais et viens, fais mes affaires sans déranger les autres, d'un pas félin. Il semble que je passe au travers de la vie sans y laisser de traces. J'aime m'allonger sur le transat, celui qui est dans le jardin, au soleil. Pas que je sois fainéant mais simplement parce que j'aime ça. Question de goût personnel. Je ronronne de plaisir dès qu'un rayon de soleil me caresse le poil. Je ne travaille pas, enfin je n'ai pas un travail normal. Je suis écrivain. Alors je me promène dans la maison, reste la plupart du temps sur la terrasse pour écrire, face à la mer, sors de temps à autre pour faire un tour rapide en ville histoire de me sustenter et reviens vite. Cure de poissons frais, d'oursins, de feta...

Mykonos est un lieu inspirant, idéal. J'aime m'y retrouver, seul. J'y étais venu en voyage un jour, étant plus jeune, avec un ami et m'étais promis d'y acheter une villa. Le jour où j'en aurais les moyens, le jour où ma réalité serait différente. C'est maintenant chose faite. Grâce au grand succès de mes premiers romans j'ai acquis cette villa de rêve, identique à celle que j'avais imaginé un jour. Identique à mon désir profond, avec sa piscine à débordement qui donne sur la petite falaise d'où un chemin privé conduit à une petite crique, ses grandes chambres avec vue sur la mer, ses garages et son écurie. Qui m'aurait dit ? Personne. On m'a toujours dit que je rêvais. Trop. Voilà.

La vie est extraordinaire en ceci que les rêves peuvent devenir réalité si l'on y croit suffisamment longtemps et avec une foi indestructible. Grâce à cette villa j'en ai une preuve de plus.

Il y a des années maintenant, en crise, dans mes délires je disais à mes amis qu'un jour je les inviterais à venir manger des sardines dans une maison comme celle-ci. Je fais toujours ce que je dis. Toujours, tôt ou tard. Les invitations sont aujourd'hui lancées.

La maison est grande et agréable, il ne manque que celle qui lui donne une âme. Elle est restée à Paris, elle s'y sent bien. Elle sait que j'aime me retrouver seul parfois. J'avoue que, même si j'adore sa présence, j'apprécie parfois la solitude. L'autre solitude, l'inspiratrice.

Dans cette villa blanche aux angles arrondis située en bord de mer, je vis le présent pleinement, je le savoure. Intensément. Je prends du plaisir avec les choses simples.

Je suis seul ici pour quelques semaines. Seul. J'aime la solitude créatrice, que ce soit pour faire des photos ou pour écrire quelques pages. J'aime ces moments de solitude où l'Univers conspire pour rendre la vie belle, l'instant magique. J'aime ces moments de solitude qui donnent un sens à l'existence, à mon existence. J'aime la solitude. Je l'adore.

LA SOLITUDE

La solitude ça n'existe pas... La solitude ça n'existe pas, du fond de ma chambre de Codognan, je me répète ça comme pour me convaincre, comme pour essayer d'y croire. En vain.

Mais au fond de moi je sais quelle existe. Je le sais parce que je la vis, au jour le jour, une solitude fidèle comme mon ombre. Une solitude lourde comme du plomb, profonde comme une déchirure. Une solitude dense comme un silence. De celles qui vous transpercent l'âme sans laisser de traces. Pourtant cette solitude, je l'ai un jour choisi comme on choisit un bon vin. Je l'ai faite mienne selon le principe qu'il vaut mieux vivre seul que mal accompagné. Un précepte que j'avais entendu une fois et que j'ai décidé d'appliquer. J'ai préféré partir que de rester, croire en un rêve, plutôt que d'accepter une réalité.

Seul, je me sens maintenant seul. Trop seul. Seul comme un marin faisant le tour du monde en solitaire, seul comme un naufragé sur son île. Pas la tienne. Non, pas la tienne. Seul sans toi.

Alors, de temps en temps je t'envoie des courriels pleins d'amour, des courriels désespérés, des courriels pleins d'espoir. Je crée une vie autour du vide en espérant qu'un jour tu entendras mon cri. Tu y réponds gentiment sans trop te livrer, certainement sans trop savoir pourquoi mais moi je le sais. Je sais que depuis le jour où je t'ai rencontrée tu es celle sans qui ma vie n'a pas de sens.

Ton absence est présente, trop présente. Elle est là. Partout. Vaporisée, irrespirable. Si présente qu'elle en devient stressante, quelque chose d'obnubilant, voire dangereuse. Partout. Dans chaque saveur, dans la couleur de chaque chose, dans chaque geste, chaque mot. Elle est partout, partout, partout. Trop présente, trop stressante, trop dangereuse. Si dangereuse qu'elle pourrait en devenir létale. Il faut que cela cesse, ça devient insoutenable cette présence aliénante. J'ai donc décidé de m'en débarrasser, de la faire disparaître de mon univers. Mais comment m'en défaire sans toi ? Impossible. Alors je t'ai contactée, je t'ai menti d'abord, puis-je t'ai dit la vérité et tu as compris. Alors tu l'as aspirée, t'en es incarnée avec résignation. Dans un souffle. Soudain de partout, de cette présence elle est devenue toi. Toute toi, seulement toi. Désormais elle n'est plus là que lorsque tu n'es pas là, c'est-à-dire toujours. Mais elle est devenue respirable, vivable, gérable. Celle-ci te ressemble tant ! Cette absence ci. Ton absence.

MAUVAIS RËVE

Ton absence est un réel cauchemar, elle me mine. Jour après jour. Je ne la supporte plus. Tout comme ma situation. Invivable.

Malgré le printemps, le temps est maussade et gris, comme mon moral. Pluvieux, mais sans larmes. On me serine que je dois faire abstraction, que je dois t'oublier, trouver quelqu'un d'ici. Quelqu'un d'ici ! ! Ils ne te connaissent pas, ils ne savent pas qui tu es. Comment t'oublier ? Impossible, tu es mon sang, ma chair, tout ce que je suis. T'oublier ! Impossible.

Tout allait pourtant bien, j'avais une vie normale. Parfois je ne voyais pas pourquoi je m'étais senti obligé de le faire, pourquoi je l'avais fait, pourquoi je l'assumais aussi facilement. Tout bazarder, ma compagne, mon travail, mon argent, ma vie. Aujourd'hui je le sais. Pour pouvoir renaître de mes cendres tel le phénix. Pour pouvoir t'accepter dans ma vie. Un jour. Le jour où j'aurai reconstruit mon monde.

Mais ce monde ne se reconstruit pas, rien n'avance ou pas assez vite ou pas comme je le souhaite. Alors je baisse les bras, pour la première fois depuis que je te connais, je n'y crois plus, je ne crois plus en la magie de la vie. Aujourd'hui, plus rien ne compte. C'est fini. Ma décision est prise. Je vais mettre un terme à cette farce ridicule.

Je tente de chasser mes idées noires en regardant dehors, en regardant la vie. Rien n'y fait. Dehors, les oiseaux semblent peu se préoccuper de moi, de savoir quel étrange rendez-vous j'ai aujourd'hui. Ils gazouillent dans les platanes sans me prêter attention. Je me sens d'un coup seul, comme ça m'arrive souvent. Seul. Je regarde autour de moi, je suis seul. Il est trop tôt, ils ne sont pas levés. Tant mieux.

Je pense à mes amis, à leurs vies rangées, normales et me sens seul une fois de plus. Je pense à ma famille proche, à ceux qui m'entourent et me sens inexorablement seul. Je pense à toi avec qui je rêve de partager ma vie et je me sens inutilement seul. Le temps ne fait rien à l'affaire. Rien ne semble avancer. Il faut que cela s'arrête.

Quelques gouttes de pluie glissent sur les carreaux, comme des larmes. Je ne pleure jamais, j'ai déjà trop pleuré. Plus rien n'a d'importance, ma décision est prise, je vais disparaitre. Elle est prise depuis longtemps, mûrement réfléchie, comme on fait son testament. Epigraphe : « Ci-git un homme qui voulait vivre avec toi ».

Dehors la pluie tombe de plus belle, dedans elle résonne comme un tambour. Je me sens presque beau dans mon costume neuf. Quel idiot ! J'ai préféré mon costume à mon jean G-star troué, plus solennel, plus en rapport avec la situation. Je regarde la montre de la cuisine, elle me donne encore un peu de temps mais je sais que je ne dois pas m'égarer, 7 h 24 est proche maintenant et je sais qu'il me reste encore un kilomètre à marcher avant de me retrouver sur le lieu de mon rendez-vous avec le destin. Je commence à me dépêcher. Un café rapide pris sans faire attention, sans saveur, m'accompagne dans des gestes routiniers. Trop de routine tue l'homme. Tue l'homme, une bonne idée. Mon idée. Je récupère une sacoche noire presque vide que je prends pour tromper mon monde. Tout doit paraître normal. Personne n'est là, ce devrait être facile. Oui mais dehors... J'ai préféré cela que d'y aller les mains vides. La pluie dehors redouble d'intensité, mon cœur bat plus vite. Je cours dans le jardin cueillir quelques fleurs et forme un petit bouquet. Je le glisse dans la sacoche. Pourquoi ? Je ne le sais pas. Peut-être pour que tu saches que j'ai pensé à toi. Je cherche et trouve le petit parapluie rouge que j'avais acheté en prévision du mauvais temps. Un second café, comme pour me donner du courage, s'enfonce dans mon estomac. Une pointe au ventre me rappelle vaguement que j'existe. Jusqu'à quand ? Je vérifie que tout soit bien fermé, ouvre mon parapluie et commence à marcher. Sur la route, personne. Seule la pluie insistante et dense. Je me faufile le long des trottoirs comme un chat qui ne veut pas se mouiller mais me mouille quand même. J'avance d'un pas décidé. Je sais qu'il me faut douze minutes normalement pour y arriver. Je fais ce trajet tous les jours de semaine pour aller travailler. Pour rejoindre mon travail normal. Aujourd'hui il pleut, je suis parti finalement un peu en avance. Je ne veux pas rater l'horaire, je ne veux pas rater mon train, je ne veux pas qu'il me manque. La pluie me trempe le bas du costume et les chaussures, je m'en moque. Dans d'autres circonstances je me serais énervé, aujourd'hui je m'en moque. Je vais à grands pas vers mon destin, le train de 7 h 24. J'ai choisi celui-ci parce que je sais qu'il n'y aura normalement personne sur le quai. Je préfère. D'habitude je prends celui de 8 h 24, aujourd'hui est un jour spécial. La fin de quelque chose, de mes souffrances. La pharmacie est encore fermée à mon passage, je sais que j'ai fait la moitié du chemin.

À partir d'aujourd'hui je n'aurai plus besoin de médicaments, fini. Provoqué par la marche rapide, ou par l'émotion de ce que je m'apprête à vivre à en mourir, je sens mon cœur battre plus vite. Je marche du pas décidé de ceux qui n'ont plus rien à perdre, ma mallette à la main. Quand j'arrive sur le quai il n'y a personne. Parfait. Je regarde ma montre. 7 h 20. Quatre longues minutes à attendre. La voix dans le haut-parleur de cette petite gare de village annonce alors l'arrivée de mon sauveur. Bientôt plus de souffrances, tout va se terminer.

Je regarde la machine qui distribue les billets de train. Non, aujourd'hui je ne vais pas en acheter un, pas besoin. Je me sens bien, presque gai. Comme si tout était normal. Je dépose ma mallette près du petit banc situé près de la machine. Elle servira bien à quelqu'un, elle n'a plus tant d'importance, plus rien en réalité. Je n'en aurai sûrement plus besoin. Quoique...

7 h 22. Une petite tension s'empare de moi une seconde. Et si je faisais une erreur ? Non, je sais que je dois le faire, pour moi d'abord, pour mettre fin à cette solitude qui me ronge. Pour les autres enfin, pour leur faire comprendre que je souffrais. Pour qu'ils le comprennent une fois pour toutes. Je sais que je dois le faire malgré toi. Je n'y crois plus. Je ne crois plus en nous, en toi. Trop de temps a passé sans que tu me donnes signe de vie, sans nouvelles. Plus rien n'a d'importance.

7 h 23. Mon cœur bat la chamade, on dirait un train à vapeur à pleine puissance. L'heure approche. Je me sens prêt, prêt à sauter dans le vide, prêt à me lancer vers l'inconnu. Je pose mon parapluie rouge ouvert à côté de moi, un peu en arrière. La pluie me lacère le visage et commence à me mouiller. Je ne bouge pas. Je vis l'instant présent, pleinement. Je sens la vie irriguer mes veines. Jusqu'à quand ?

7 h 24. Le train semble ne pas arriver. Je m'avance sur le bord du quai et ferme les yeux. Chaque seconde me semble une éternité. Les gouttes d'eau suintent

depuis mes tempes. Vais-je être à la hauteur ? Ca y est, les rails annoncent l'arrivée imminente du train. Je me prépare, retiens ma respiration, les yeux toujours fermés. L'émotion m'étourdit, je me penche en avant. Le train s'annonce en gare. Je sais que même à cette vitesse si j'avance d'un pas je suis mort. Danger ! Mon cœur n'en peut plus. Toujours les yeux fermés, je sens le monstre de fer venir vers moi. Il n'y a plus de temps à perdre. Il faut se décider. Mais je suis déjà décidé. Ca y est, je me jette littéralement dans le vide...

Le train freine de toutes ses forces sans sembler pouvoir s'arrêter. Le crissement du fer pousse un cri strident qui perturbe le calme matinal et s'attarde en longueur. C'est un déchirement. Des oiseaux s'envolent dans toutes les directions. La mallette et le parapluie déposés sur le quai semblent seuls et abandonnés. Un peu comme moi avant. Tout est dit. Le train s'arrête face au quai. Quelques personnes en descendent calmement. Comme si rien ne s'était passé. Mais que s'est-il passé en réalité ?

J'ouvre les yeux en sursaut. Quel cauchemar ! Le tonnerre m'a réveillé. Dehors il pleut à torrents sur Codognan, non, pas un jour pour sortir. Aujourd'hui c'est décidé je ne prendrai pas le train. Je téléphonerai plus tard à mon ami pour l'en informer. Je me recouche. Ce n'était qu'un mauvais rêve. Ouf !

UN TRAVAIL NORMAL

Je me lève comme tous les matins, la tête dans la brume et je cherche du travail. Petites annonces, recherches sur internet. Pas possible de rêvasser. Un travail normal, comme ils disent. Difficile d'en trouver un dans ma situation, je sais qu'ils ne s'en rendent pas compte, mais je cherche.

Les médicaments me minent la santé. Ils ajoutent du poids à chacun de mes gestes, à chacune de mes actions. Je n'aime pas la sensation. Danger.

Après quelques semaines de recherches infructueuses un ami me propose de me former afin que je puisse travailler avec lui. Il est conseiller en gestion de patrimoine. J'ai le niveau d'études requis, un diplôme d'études approfondie en sciences de gestion, et je me sens apte à relever le défi. Je fonce. Impossible de laisser passer cette chance.

Le mois de juin est celui de la formation. Mon ami passe des heures à m'expliquer les tenants et les aboutissants de son travail. Il me dédie un temps incroyable. Je prends le train tous les matins et rentre tous les soirs à la maison avec la sensation que je suis sur le bon chemin, que bientôt je vais m'en sortir. Le travail n'est pas facile. C'est un travail où le relationnel joue beaucoup. Après quatorze ans en Espagne, je ne connais même pas le nom de mon banquier. Difficile. J'essaye de démarcher en direct en prenant les pages jaunes et en téléphonant aux catégories socio-professionnelles qui me semblent les plus prometteuses. Professions libérales avant tout. C'est l'été, les choses sont, selon mon ami qui m'encourage, plus compliquées en été. Il faut persévérer. Rien n'avance. Je m'impatiente un peu. Puis beaucoup.

La formation terminée j'arrête de prendre le train et commence à travailler depuis la maison. J'essaye de m'organiser sans y parvenir. J'investis le peu d'argent qu'il me reste dans l'achat de contacts. Rien n'y fait. Je ne parviens pas à décrocher de rendez-vous. Pas de rendez-vous, pas d'argent. Problème. J'ai la chance de vivre chez ma mère mais ne supporte pas de vivre comme un assisté.

Les médicaments m'endorment un peu. Je ne peux pas rester concentré trop longtemps. Problème.

Alors un beau jour je décide de ne pas les prendre. Une fois de plus, une fois de trop. Pour tromper mon cerveau, je fais la même gestuelle que tous les jours mais ne prends effectivement pas mes pastilles. Erreur. Grave erreur.

Je me mets à ne plus dormir ou peu. À ne plus manger ou peu. À parler, trop parler. Je commence à délaisser le travail pour me concentrer sur d'autres projets qui feront de moi un homme riche et célèbre, qui me permettront d'aller à la recherche de la femme de ma vie. Mes projets deviennent démesurés. Danger. Un classique.

Comble du danger, je décide de monter sur Paris voir un ami. Sa sœur fête son anniversaire dans le week-end, nous redescendrons ensemble sur Carpentras. Je justifie mon voyage en disant que je dois, à part mon ami, y voir des prospects intéressants. Ce qui est vrai pour le coup. Personne ne me dit rien, ils sont fatigués de mes extravagances, je me contrôle en apparence mais suis déjà incontrôlable. Je me sens bien, euphorique. Ca faisait longtemps... Danger.

VOYAGE A PARIS

Je prends le train. Le voyage se passe bien, hormis le fait que j'ai oublié de prendre un ticket. J'étais pourtant persuadé que je pourrais voyager sans, tout étant parfait dans mon plan idéal. Me voilà donc détenteur d'une belle amende. Un détail.

Je sors mon ordinateur portable et passe le trajet à écrire ce qu'il me passe par la tête, mes sensations. Je me sens bien, euphorique. Je suis inspiré. J'ai mille idées à la seconde, les mots sortent tout seuls et forment ce que je considère être de purs chefs-d'œuvre. Aïe !

Je suis convaincu que je vais avancer à grands pas dans mon travail grâce à ces nouveaux contacts que doit me présenter mon ami. Parfait. Parvenu en Gare de Lyon je marche sans direction précise. Je sais que j'ai quelques heures devant moi avant de pouvoir rejoindre mon ami au restaurant où nous nous sommes donné rendez-vous, le Spaghettino.

J'arrive devant l'Opéra Garnier. Le soleil a attiré du monde sur les marches et je prends cela comme une invitation à rêvasser. Je m'assieds, sort mon ordinateur et me remets à écrire. Des jeunes m'interpellent et me demandent ce que je fais. Je leur dis sans savoir pourquoi que je suis écrivain et que je suis en train d'écrire un roman, mon premier roman. Ça en jette. Une conversation s'engage. Ils me disent de me méfier que le secteur n'est pas très sûr pour mon ordinateur et ma valise. Je leur dis que je ne vais pas rester longtemps. D'accord. Le temps passe et il reste encore quelques heures avant que je doive y aller. J'en profite pour faire écouter de la musique aux jeunes : la bande originale du film la haine de Matthieu Kassovitz. Une de mes bandes-son de rap préférées. Dans la confidence, ils me racontent qu'ils faisaient partie des émeutes à cette époque-là. Intéressant. Vérité, mensonge ou hallucination ? Rien ne me surprend. Pourquoi pas ? Ils s'en vont. Je descends les marches pour partir, ma valise me suit. Un autre groupe de jeunes me hèle. Il paraît que tu es écrivain, c'est cool, tu es le premier que je connais. Je leur dis que je le suis à mon petit niveau, que c'est pour mon plaisir personnel et celui de mes amis. Ils m'invitent à boire une bière. J'accepte, je sais que j'ai encore du temps devant moi. Les bières se succèdent et mon état empire. Quelques heures après, j'offre mon téléphone portable à l'un d'entre eux tandis que d'autres fouillent ma valise pour y dérober mon ordinateur, à mon insu. Je repars sans lui, sans m'être rendu compte de rien.

Trouver le chemin du restaurant sans savoir dans quelle direction aller n'est pas une mince affaire mais je suis insouciant et gai en sillonnant tout Paris à pied. Suivant la lumière du soleil couchant. Sans portable, impossible de joindre mon ami pour lui dire que j'arrive en retard. Sans argent, difficile de prendre un taxi. Je finis par en trouver un qui accepte de me prendre et de me déposer tout près du Spaghettino. J'entre en trombe avec une heure de retard dans le restaurant pour demander à mon ami inquiet de m'avancer les dix euros qu'il me manque pour le taxi. Je lui expliquerai. Je suis exalté mais parviens à me contrôler. Du moins c'est ce que je pense. Une amie était là, accompagnant mon ami de Paris, on parle de projets. Elle fait du théâtre, je lui promets de lui écrire un one-woman-show. Nous nous quittons sur ces bonnes paroles. Rien ne semble me faire peur. Je suis un écrivain. Un écrivain qui a perdu son ordinateur et tout ce qu'il a écrit ce jour ci, cette œuvre inspirée, mais ça je ne le sais pas encore. Je le découvrirai en rentrant à l'appartement de mon ami. Constatation. Rien n'a d'importance. Je plane déjà. On se couche, demain nous allons sur Carpentras à l'anniversaire de sa sœur qui nous attend là-bas. Bonne nuit, à demain.

L 'ANNIVERSAIRE

Quelle matinée ! ! On m'a cherché partout ce matin, disparu. Je n'avais en réalité pas vraiment disparu, j'étais parti me promener. Oui, à 6 h du matin, oui, en sautant par-dessus le portail de sécurité de trois mètres de haut au risque de m'empaler, oui sans avertir personne. Je suis revenu la bouche en cœur vers 9 h en espérant que tout le monde serait levé. Expliquer ce que j'ai fait serait trop long. Je me suis promené dans Carpentras, ai rencontré des gens, pris un café dans une poissonnerie. Original. C'est tout. Oui bien sûr sans le dire à personne, bien sûr puisque tout le monde dormait... Ils se sont inquiétés, personne n'aurait pu imaginer que je serais capable d'avoir sauté le portail. Trop dangereux. Je l'ai pourtant fait. Il n'y a pas de quoi en faire toute une histoire...

Nous sommes arrivés hier de Paris. Aujourd'hui c'est l'anniversaire de mon amie. Hormis le petit incident du matin, et celui d'avant-hier au soir que je me garde bien de raconter, la journée s'annonce plutôt bien. Vu le stress ambiant causé par ma sortie matinale, je reste un peu de côté. Je me sens...euphorique. Plusieurs jours déjà que je ne prends pas mes médicaments. Mes amis voient que je ne suis pas dans mon état normal, je délire, parle de choses bizarres. Que j'étais dans le train assis à côté de Madame de Bettancourt. Je n'en ai plus conscience. Et je parle et je parle. J'ai des projets démesurés, je vais faire une OPA sur Perrier, j'ai un plan imparable. Je parle de cette femme que je ne connais quasiment pas mais qui est je le sais la femme de ma vie et avec qui je vais me marier un jour. Je parle, je délire. Le temps passe, la tension monte. Je ne le vois pas, je le sens.

L'oncle de mon amie, invité aussi à l'anniversaire est un psychiatre. Après quelques questions, le diagnostic est rapide, il faut m'enfermer, pour mon propre bien. Le docteur, après maintes négociations parvient à me convaincre d'ingurgiter une forte dose de temesta, pour le bien de tous. Je relève le défi en lui disant que ça ne me fait rien, que je peux en prendre autant que je voudrais. Ses effets ne se font pas attendre. Tout le monde respire. Trou noir. Une crise de plus, une de trop.

NÎMES

Je dors comme un bébé lorsque l'ambulance entre dans l'enceinte de l'hôpital Caremeau de Nîmes. Je me réveille bien longtemps après dans un asile psychiatrique entouré de fous. Ah bravo ! Certains pensionnaires sont de véritables cas : la baveuse, le fou, le gueulard, l'inquiétant, le déprimé et les autres sont là autour de moi, je suis l'attraction, je viens d'arriver. Ils m'observent, je les observe. La baveuse passe son temps un mouchoir apposé sur ses lèvres pour recevoir la bave qu'une surdose de médicaments lui provoque sûrement. Pas franchement alléchant. Le fou a les cheveux blancs et hirsutes, le regard perdu, il erre dans les couloirs les bras croisés. Un fou quoi. Du pur vol au-dessus d'un nid de coucou. Le gueulard prend un malin plaisir à crier de toutes ses forces tous les matins à cinq heures précises, une vraie horloge. J'ai envie de le tuer, est-ce bien raisonnable, suis-je fou ? L'inquiétant a un regard de fou, fixe et pénétrant, son coin c'est le coin télé. Un jour j'ai reçu la visite de deux amis, ces derniers ont pris peur du regard insistant de l'inquiétant. Ne vous inquiétez pas, il n'est pas méchant, il en a juste l'air. Quoique... Le déprimé déprime, il reste dans son coin sans parler à personne. Les autres vont et viennent tel ce jeune qui tente de s'échapper une nuit avec ses draps en passant par la fenêtre du troisième étage. Un vrai film. Mes compagnons d'infortune sont certes intéressants, chacun dans son style, mais j'ai conscience que je ne suis pas au bon endroit. Je ne suis pas fou, ni déprimé, ni réellement inquiétant. Les journées se passent entre distribution de médicaments et la sortie à heures régulières dans une petite cour grillagée où se réunissent les fumeurs. Seul accès à l'air libre. Je descends avec eux, même si je ne fume pas, afin de m'aérer.

Quelques visites brumeuses. Peu. Une partie de la famille, quelques amis. Je suis paradoxalement dans l'hôpital le plus proche de ma grande famille et je reçois réellement peu de visites. Je dois faire peur, ou honte. Ce n'est pas grave, de toute façon je ne me rends compte de presque rien, je suis sur-drogué. Quinze jours passent sans que je puisse sortir de l'étage qui m'héberge. Je commence à m'impatienter, à demander quand je pourrai sortir. Je me rends compte alors que je suis à la merci de la volonté de mon psychiatre. Je la chasse dans les couloirs, demande aux infirmières de l'appeler constamment. Je réalise que l'on m'a ôté une fois de plus ma liberté, pour mon propre bien et pour le bien de tous. Je pense qu'une fois de plus je n'ai rien fait d'extraordinaire pour mériter cela, j'ai certes sauté un portail à six heures du matin et ai surement déliré mais sans aucune conséquence ni pour moi ni pour mon entourage. Je cherche à comprendre mais je sais pourquoi je suis là, j'ai fait une autre crise. Une de plus, une de trop. Je commence à réaliser peu à peu où cela me mène : la prison médicamentée.

Reprenant un peu mes esprits, je demande de la documentation sur ma maladie : les troubles bipolaires. On me donne une revue de vulgarisation et j'y apprends que je suis bipolaire “maniaque” par le fait que je ne connaisse que des phases d'euphorie. C'est donc ça ! Lors de ces phases, je me conduis comme un millionnaire, l'argent n'a plus de valeur et je me sens bien. Je vis pleinement le moment présent sans me soucier des conséquences. J'ai toujours rêvé d'être millionnaire. Est-ce cela qui me mène à me comporter de la sorte ? Non, je comprends que c'est un dérèglement de l'affect, certainement des évènements du passé qui n'ont pas été bien gérés. Le divorce de mes parents ? L'opération traumatisante de mes varicocèles ? Je ne le sais pas. Je n'ai pas de réponse. Ca doit bien venir de quelque part. Je pense que ça vient d'une frustration, d'une recherche constante de liberté absolue. Je réalise que je ne suis pas au meilleur endroit pour cela.

Un jour, on m'informe que je vais pouvoir sortir. Je suis content. Ma désillusion est grande car sortir est un grand mot, disons que je descends d'un étage. À cet étage, les gens sont plus vifs, il y a plus de conversation, moins de drogués. La journée s'y passe entre prises de médicaments à heures précises, promenade dans la pinède qui se trouve face à l'entrée du bâtiment où je séjourne et écriture. J'ai demandé qu'on m'apporte un cahier et un stylo, tout va bien. Je vais pouvoir écrire mon one-woman-show... Les conditions ne sont pas optimales pour écrire mais j'essaye comme pour me convaincre que je suis capable d'avoir une activité intellectuelle dans les conditions où je suis.

Mais une fois de plus je m'impatiente, je veux partir d'ici. Je profite de mon temps libre pour réfléchir à ma situation. Je suis seul, sans travail, sans argent, sans réelle perspective et à la merci d'une psy. Je me demande comment j'en suis arrivé là. Je souris en me disant une fois de plus : en ambulance. Ne jamais perdre l'humour...

Malgré ma situation je continue à croire que tout est possible. Je continue à rêver qu'un jour mon désir profond se réalisera et que je serai un jour un millionnaire vivant avec la femme de sa vie. Je me garde bien d'en parler à ma psy, je ne suis pas fou ! J'en parle à mes amis proches, à ma famille, à ceux qui viennent me rendre visite. On acquiesce pour me faire plaisir. On voit bien que je n'ai aucune notion des réalités. Personne ne devient millionnaire, ou en tout cas pas ici. Et puis, millionnaire cela ne veut rien dire. Ce qui est important c'est d'être heureux. Tu es heureux ? Oui, mais je le serai plus lorsque je serai millionnaire ! C'est une obsession, me dit-on ! Non, c'est un désir profond, nuance. Le pressentiment que c'est possible en dépit de tout, en dépit de ma situation présente, en dépit de ce qu'en pensent les autres. Comme si cela ne suffisait pas, j'en rajoute une couche, et n'oubliez pas que je veux aussi vivre avec la femme de ma vie. Cette femme que j'ai rencontrée à St Martin. Veux-tu bien te taire ! L'amour ce n'est pas ça, l'amour ce n'est pas une illusion, l'amour c'est du concret. Comment peux-tu croire que cette femme est la femme de ta vie, tu l'as à peine vue trois jours tu ne la connais pas ! Tu étais en pleine crise. Je ne le crois pas, je le sens. Je connais des gens qui se connaissent depuis des années et qui ne se rendent pas compte qu'ils ne sont pas faits pour vivre ensemble. Qui vivent une vie de chien, enfin, je me comprends. Changeons de sujet. Oui, c'est mieux, je vais tous vous rendre fous !

Quinze jours, ont dû encore passer pour que je puisse enfin sortir, le temps d'ajuster le dosage de mes médicaments. La psychiatre est confiante, ça devrait fonctionner. Deux Teralythe et un Abilify par jour. Tous les jours. Pour toujours. Pas le choix.

Au total, un mois d'hôpital psychiatrique. Pas mal au niveau expérience, mais pas non plus le rêve de ma vie. Je me promets de ne plus y retourner, de désormais toujours prendre mes médicaments.

Je me rappelle en souriant de la phobie que j'avais, étant étudiant à Montpellier, pour les hôpitaux psychiatriques. Pour rentrer chez moi depuis la faculté, je faisais un grand détour afin d'éviter d'avoir à traverser l'hôpital psychiatrique de Lapeyronie. Je m'imaginais qu'on me capturerait et qu'on m'ôterait mes papiers et alors que l'on s'adonnerait à tout type d'expérience sur moi. J'avais peur. Réellement. Je me rappelle que l'on dit que l'on attire toujours ce que l'on craint le plus. Pour ma part, je l'ai attiré plus d'une fois, une façon certainement pour la vie de me mettre à l'épreuve, de m'aider à surmonter mes craintes. Mes séjours successifs en hôpital psychiatrique m'ont montré que mes craintes étaient infondées. Certes, j'y ai vu toute sorte de personnages mais n'y ai jamais eu aucun problème. Le seul problème de l'hôpital psychiatrique, et je venais de le vivre une fois de plus, c'est de pouvoir en sortir une fois rentré. Pour le coup, je me jure de faire attention de ne plus avoir à y entrer.

Je suis bipolaire et vais devoir vivre avec ça toute ma vie, ça y est je l'ai accepté. J'ai conscience que j'ai pris une décision qui va changer ma vie. Peut-on décider de ne plus être malade ? Non, mais de prendre ses médicaments, oui. Ca ne me réjouit pas de me dire que je vais dépendre de trois pastilles pour le reste de mes jours mais si c'est la solution pour que je n'ai plus de crise, je suis prêt à m'y conformer.

La crise est destructrice, elle ne va pas dans le sens de mon projet de vie, de mon bonheur. Alors je décide de l'exclure de ma vie. Pour toujours.

MARBELLA

Marbella, centre-ville. Après mon expérience manquée de travail en France et mon long séjour à l'hôpital de Nîmes, je suis retourné en Espagne, je pense pouvoir y travailler comme photographe, mon vrai métier. Pas un travail normal. Je suis venu travailler à Marbella où un cousin m'a offert un appartement et du travail pour un mois. À la fin du contrat, je me suis retrouvé sans un toit et à la recherche d'une colocation. La mère d'un des photographes qui a travaillé avec moi a accepté de m'offrir l'hospitalité, pour le temps que je le désirais, le temps de m'en sortir de nouveau, de trouver une issue.

Nous passons à table. Un œuf au plat pour chacun. Des tartines cuites directement sur la plaque électrique, faute de grille-pain, viennent ajouter un peu de consistance au menu. Il reste un peu de fromage. Un verre de vin chacun, aujourd'hui c'est bon comme un dimanche.

Voilà déjà une semaine que je vis ici, et déjà je ne sais plus quoi faire pour échapper à cette situation. Je vis dans la misère la plus profonde, pas la mienne - quoique ma situation n'est pas du tout florissante non plus - mais celle de cette famille qui m'a si gentiment accueilli. Je n'avais jamais vu cela. La salle de bains est en piteux état, sale, très sale, faute de pouvoir acheter des produits de nettoyage. La baignoire est noire de crasse, rien ne sert d'essayer de la nettoyer, il faudrait la changer directement. Les toilettes ne s'écoulent pas ou peu. L'eau reste bloquée pratiquement à ras bord. Une prise de courant sur deux fonctionne, il faudrait faire venir un électricien. Pas évident.

Dans mon malheur, j'ai beaucoup de chance, je dors dans la chambre de mon ami, dans le grand lit. Autour du lit, toutes mes affaires, ma vie entière : mon appareil photo, mon ordinateur, quelques habits. La chambre principale est occupée par cet homme qui dort de jour et travaille de nuit et à qui la mère de mon ami sous-loue depuis quelque temps, une manière comme une autre de faire rentrer un peu d'argent. Enfin, lorsque celui-ci peut payer, ce qui n'est pas toujours le cas apparemment. Résultat, elle dort avec son fils dans le salon. Chacun de son côté, elle sur un lit de fortune, lui en face sur le canapé. La grande baie vitrée qui donne sur le port n'a pas de rideau et le soleil vient directement les réchauffer tous les matins.

Je n'en reviens pas de la générosité de celle qui n'a rien, de sa façon de vivre. Elle est une personne extraordinaire. Toujours souriante, toujours heureuse, malgré sa vie, malgré la situation catastrophique dans laquelle elle est, ils sont. Elle touche une petite pension, toute petite qui ne lui dure pas longtemps une fois qu'elle a fait les courses deux ou trois fois à la supérette d'en bas. Des oeufs, des pâtes, du riz, du beurre et de l'huile, parfois une bouteille de vin. Le minimum pour survivre. Elle m'a accueilli comme son fils, à la demande de son fils. J'ai par chance un tout petit pécule, qui me reste du mois où j'ai travaillé, et qui me permet de faire de temps en temps des courses pour tout le monde et de mettre un peu de beurre dans les épinards.

Mon ami ne supporte pas la situation, de voir sa mère vivre ainsi, de se voir vivre ainsi, de me voir vivre ainsi. Il a besoin de s'échapper de cet appartement, de prendre l'air et de chercher des solutions à ce qui semble être un puits sans fond. Alors nous allons au Plaza.

LE PLAZA

Chaque matin, avec mon ami, nous rejoignons un ami commun au kiosque du centre commercial Plaza de Nueva Andalucia, un quartier de Marbella. Le bus coute 1,45 euros, ce n'est pas donné mais ça évite de faire trop régulièrement à pied les six kilomètres qui séparent le centre-ville de Marbella de Nueva Andalucia.

Rendez-vous quasi quotidien obligé des grands amis. Ici on refait le monde pour pas un euro, cela tombe bien on n'a pas un euro.

Je cherche du travail et un appartement décent. Pas facile à une époque où tout le monde est devenu photographe. Pas évident, sans caution. Mon ami, avec qui je partage l'appartement, a travaillé comme steward sur un paquebot pendant deux ans, le temps était venu d'en changer. Trop d'heures passées, bloqué sur le bateau, trop de routine. Notre ami commun est le seul espagnol de la bande, il a travaillé dans un bar de plage pendant l'été, il se retrouve maintenant sans travail.

Je suis célibataire depuis trois ans déjà, mon ami depuis un an et notre ami fricote de temps en temps. C'est le Don Juan de l'équipe.

Au café du Plaza, la serveuse est toujours tout sourire, toujours à demander des nouvelles, à se préoccuper de ce qu'il se passe. Elle connait ses clients habituels, deux cafés noirs et un café au lait à la table des amis. Les grands jours, trois canettes de bière. Les grands jours ce sont les jours où l'un des trois a réussi à faire rentrer un peu d'argent, à encaisser un travail, c'est-à-dire rarement. Ce jour-là on commande aussi quelques “pitufos” (petit sandwich), au thon généralement.

Sortis du circuit classique du marché du travail, nous vivons au jour le jour en essayant de s'en sortir tant bien que mal. Bien sûr, nous avons tous des projets. Nous avons envie de travailler dans n'importe quoi, en réalité, à condition de pouvoir nous sortir de cette spirale qui nous tire vers le bas. Alors nous cherchons du travail. Nous regardons les petites annonces sur internet grâce au wifi du kiosque, dans le journal. Rien. Nous cherchons du travail sans le chercher vraiment. À quoi bon. Une sorte de résignation nous assaille parfois.

Alors nous passons le temps à parler de choses et d'autres, nous philosophons sur la vie. Une façon aussi de donner du sens à l'existence actuelle. Nous parlons de la vie, de l'amour et de ce que l'on aimerait devenir ou faire. C'est simple, je veux devenir millionnaire, mon ami veut vivre dans l'abondance et notre ami espagnol rêve juste de s'en sortir. Ce dernier ne cesse de répéter " tout est parfait, nous sommes au moment parfait, à l'endroit parfait". Alors je fais mine d'y croire et imagine avec des étoiles dans les yeux le jour où nous nous en serons sortis, le jour où je serai millionnaire...

MILLIONNAIRE

Millionnaire. J'ai toujours désiré devenir millionnaire. Je voulais devenir millionnaire pour jouir de la liberté qu'offre l'argent, pour voyager et pour discrètement faire le bien autour de moi.

J'ai eu un bon exemple dans la famille, un oncle millionnaire, je savais donc que c'était réalisable et que pour devenir millionnaire on n'en devenait pas pour autant aigri, radin et invivable. Il était tout le contraire. Un homme généreux, rieur et entreprenant. Un exemple, mon exemple. Il m'a appris la valeur des choses simples, la valeur de ce qui n'a pas de prix. Une chance.

Loin d'avoir des rêves ostentatoires j'envisageais alors de vivre simplement entouré de gens simples, de ma femme, de mes amis et de ma famille. Une vie simple.

Je sais parfaitement que l'argent ne fait pas le bonheur mais suis persuadé qu'il y contribue grandement. Par expérience.

Pourquoi être millionnaire et pas tout simplement aisé ? Pourquoi pas. J'avais conscience que l'Univers de la vie, était capable de répondre à ma demande dans la mesure où mon désir était réel et profond, où j'avais foi dans la réalisation de mon souhait et où je saurais en reconnaitre l'apparition et l'accepter.

On me reprochait souvent d'avoir ce rêve, de vouloir être millionnaire. On me disait que ce ne pouvais pas être mon but dans la vie, que le but de ma vie devait être de chercher à être heureux. À cela je répondais que j'étais déjà heureux malgré ma situation, malgré ma vie, malgré ma maladie, que ce but était juste un défi à la vie. Un défi tout court.

Ma famille me demandait d'être réaliste, mes amis de ne pas poursuivre une utopie. Mais j'y croyais malgré tout. Ma croyance était basée sur l'observation de ma vie. J'ai toujours obtenu ce que j'ai réellement souhaité. Toujours ? Avais-je réellement souhaité la situation dans laquelle j'étais quand j'étais seul, sans un sou, sans travail ni perspectives réelles ? Peut-être. Peut-être que ma Légende personnelle passait par là, peut être que j'avais besoin de toucher le fond pour mieux rebondir. De repartir à zéro pour reconstruire une vie plus en phase avec mon désir profond. Qui sait ?

Et puis un jour, c'est arrivé. Sans crier gare, sans l'avoir réellement prévu, si vite. Merci la vie.

LE DESIR PROFOND

Assis sur la petite terrasse du Plaza, au soleil, je rêve d'être un jour millionnaire, c'est gratuit et personne ne peut le faire à ma place.

Un jour, je serai millionnaire réellement. C'est décidé, depuis longtemps, depuis tout petit. Je ne sais pas pourquoi, je ne sais pas comment, mais c'est un pressentiment que j'ai, une intime conviction.

Convaincu de cela j'observe ma vie et en accepte sans frustration les hauts et les bas. Ma maladie qui m'a conduit dans ses excès à gaspiller tout mon argent, ma séparation après huit ans de vie commune, le travail stable que j'ai abandonné en vendant mon affaire, tout fait partie du film de ma vie. Tout doit avoir une raison. Je ne cherche pas à comprendre, je vis ma vie comme elle vient, profitant de l'instant présent.

Je sais que je serai millionnaire, ça me suffit. Plus qu'une obsession, c'est un désir profond. Un désir profond. Lorsque je visualise ma vie future, je me vois aisément au volant d'une belle voiture, accompagné de la femme de ma vie, vivant dans une belle maison où il fait bon vivre et où les amis et la famille viennent en visite. Les lieux où j'aimerais vivre ne manquent pas mais Paris ou Mykonos me semblent des endroits parfaits. J'aime l'anonymat de la grande ville et le calme inspirant de Mykonos.

Taxi pour les trajets courts, hélicoptère pour les trajets moyens et jet privé pour les trajets longs. Simple et facile. Pourquoi pas ? Je rêve.

Certes, lorsque je regarde ma réalité, j'en suis bien loin, à des années-lumière, même, mais rien ne peut m'empêcher de rêver, rien ne peut faire obstacle à la réalisation de mon désir profond, je le sais. Je le sais car je l'ai déjà vécu.

Le meilleur exemple est celui-ci. Il y a quelques années, j'ai travaillé chez un photographe de Paris, au studio Jean-Pierre, boulevard Magenta. Ce dernier utilisait un moyen format pour faire ses prises de vue pour des clients tels que Lenôtre. C'était un Contax 645 bardé de trois objectifs Carl Zeiss. Les connaisseurs apprécieront. C'était en ce temps-là un des appareils qui permettait d'obtenir la meilleure qualité d'image en argentique. Mon désir profond en tant que jeune photographe fût alors d'avoir aussi un tel appareil mais son prix était exorbitant et il était hors de question que je pense pouvoir un jour me l'acheter. Inimaginable ! Quelques années plus tard, la vente de mon affaire à fortuitement coïncidé avec une annonce parue dans un bulletin interne de l'« Asociacion de fotografos profesionales de España» et j'ai acheté un Contax 645 et les trois objectifs de rêve. Je venais, quelques années après, de réaliser mon rêve de jeune photographe.

Ce jour-là j'ai su une fois de plus que tout est possible, que tout est réalisable.

Ce jour-là j'ai pris conscience qu'un jour je serais millionnaire, qu'il suffit d'être patient et d'avoir la foi. Ce jour-là j'ai compris que tout était relatif, que l'argent n'est pas une valeur absolue, que les rêves n'ont pas de prix. Alors depuis je continue de rêver ma vie et de la vivre tant bien que mal.

Certes ma réalité ne reflète pas encore mon rêve mais la réalité extérieure, oui. À Puerto Banus, Marbella tout le monde vit dans le luxe, beaucoup sont millionnaires, plus qu'ailleurs. Alors je m'inspire de ce que je vois, je visualise. Je visualise ma vie rêvée en m'aidant de la vie des autres. Je suis au meilleur endroit, au meilleur moment comme aime à le répéter mon ami espagnol.

J'ai atterri là par hasard en réalité. Or, je sais que le hasard n'existe pas, il fallait que je sois là pour voir de près à quoi pouvait correspondre ma vie rêvée. Je ne suis pas là pour mourir d'envie, non, mais pour faire des choix afin de décider du type de millionnaire que je serais. Discret. J'en ai conscience. Lorsqu'un imbécile fait vrombir le moteur de sa Lamborghini devant le kiosque pour qu'on le remarque, je souris. Je n'aime pas les Lamborghini et encore moins de faire le pitre. Je me crée par contraste. Important, le contraste pour définir qui l'on est, très important !

Lorsque je passe devant chez Cohen & Cunild à Puerto Banus et vois de belles voitures exposées, je me dis que ce sera un jour pour moi, je n'en doute pas. En location, je ne suis pas fou, je ne vais pas acheter une voiture de luxe, même si j'en ai les moyens, surtout si j'en ai les moyens. J'envisage un système de location avec un prix mensuel moyen qui me permettrait de choisir selon mes envies le modèle de mon goût en fonction de l'utilité que j'en ai 4X4 pour aller à la montagne, Maserati pour remonter voir la famille en France. Facile. Tout est facile lorsqu'on rêve.

Je crée les bases de ma vie future en décidant dans le présent ce que je souhaite y faire entrer, tout simplement.

Cela a-t-il des conséquences sur ma vie actuelle, hormis le fait qu'on me prenne pour un fou ? Aucune.

Cela en aura-t-il sur ma vie future ? Peut-être. Cela ne coûte rien d'essayer. Même si je ne parviens jamais à devenir ce millionnaire que je souhaite être, ce ne sera pas faute d'avoir essayé, d'y avoir cru, de l'avoir rêvé. L'important n'est pas le but dans la vie, mais le chemin.

D'ailleurs, malgré mon manque d'argent, de travail et dans une certaine mesure d'affection, je suis heureux comme si je l'étais déjà. Je sais que j'ai de bons amis, une famille toujours présente et ce que l'on peut appeler la santé. Je suis heureux. Pas euphorique, mais simplement heureux...

Laissez-moi rêver ! !

LA PROMENADE

Depuis Nueva Andalucia où se trouve le Plaza, le port de Puerto Banus est à dix minutes de marche, à une minute en voiture. Nous y descendons pratiquement tous les jours en nous promenant. Une façon comme une autre de faire partie du décor, de le faire notre.

Lorsque l'un des trois a les moyens, nous nous arrêtons au Burger King et commandons des hamburgers à un euro, deux par personnes et une bière. Jour de fête. Sinon, nous déambulons tout simplement.

Sur le quai, les boutiques de luxe se succèdent les unes après les autres au rythme de nos pas. Etalage de luxe presque indécent. Nous nous surprenons toujours de voir comment les gens riches y dépensent leur argent. Nous y croisons des consommateurs les bras chargés de paquets, sourire aux lèvres. Ce n'est pas pour nous mais l'on s'en fiche, nous sommes heureux, nous profitons de notre simple compagnie et de la beauté de l'amitié. Nous nous sentons comme des millionnaires disposant d'un temps infini à partager avec des êtres chers. Hors de prix.

Nous savourons l'instant présent sans nous soucier du passé ou du futur. D'ailleurs pourquoi s'en soucier ? Les choses pourraient être pires ? Oui, nous pourrions être malades. C'est vrai. Nous sommes tous les trois relativement en bonne santé, hormis moi mais je me soigne, alors nous rions de notre situation et l'on s'imagine ce que nous ferions si l'on était riches.

Nous pensons que nous saurions quoi faire de notre argent, nous avons des idées. Rêver c'est gratuit, alors nous rêvons pendant des heures et l'on se promène.

Parfois, nous nous arrêtons un moment fumer sur un banc juste en face de l'entrée du Corte Inglés, lorsque mes amis ont les sous pour acheter un paquet de tabac. Mes amis fument des cigarettes à rouler, c'est plus économique, tout compte, chaque centime compte.

Depuis le banc nous regardons passer les femmes en faisant des commentaires, celles que nous n'aurons jamais. Ni les belles ni les moches. Pour être avec quelqu'un, à Puerto Banus ou ailleurs, il ne suffit pas d'être beau ou intelligent, d'avoir une personnalité ou un passé glorieux, il faut avoir un minimum de revenus ; ce que nous n'avons pas. Nous le savons, nous sommes réalistes. Alors, nous nous remettons à rêver une fois de plus que lorsque tout cela aura changé, nous auront aussi droit à notre part de bonheur, aussi droit à avoir une femme comme celles que nous regardons passer nonchalamment. Non, mieux, que nous vivrons avec la femme de notre vie et rien de moins qu'elle.

Je leur parle de cette femme que j'ai rencontrée à St Martin, de celle que je considère être la femme de ma vie. Je leur dis que je suis en contact avec elle, qu'un jour elle sera ma femme. Ils me regardent, amusés, mais me disent gentiment qu'ils y croient aussi, ce sont mes amis. Pour qu'ils comprennent mieux je leur raconte notre rencontre à St Martin.

LA RENCONTRE

Ce fût lorsque je suis allé à St Martin rejoindre les amis que je n'avais pas vus depuis près de vingt ans. Après un repas au Repaire du pirate, nous sommes entrés dans le Platinum ensemble, premier local sur la liste des endroits que notre ami local avait prévu de visiter ce soir-là.

Le Platinum est le plus prestigieux des table-dance de l'ile. Ecrin de luxe, il renferme de purs joyaux. Amateurs de pierres précieuses tous les trois, nous sourions comme si nous entrions dans une bijouterie de la Place Vendôme.

Elle est venue se joindre à nous en arrivant par derrière, comme un coup de poignard. Aie ! J'ai senti une présence et me suis retourné pour lui faire face. Erreur fatale ! Je ne l'attendais pas, en réalité je ne l'attendais plus. Trop d'expériences incomplètes m'ont laissé sans espoir de la rencontrer un jour. Je ne m'y attendais pas non plus, en réalité je pense que j'avais arrêté d'y croire. Mais je l'ai reconnue de suite, sans l'avoir jamais rencontrée. C'était Elle, la femme de ma vie. Je le savais, je le sentais. Je l'ai reconnue comme on reconnait quelqu'un de familier. Elle dégageait sans effort la Beauté dans chaque geste, la Grâce dans chaque mouvement. Naturellement. Une vibration pure. Une vibration qui vous emplit le cœur en un instant. Une vibration qui vous parle directement à l'âme. Une vibration qui vous fait vibrer de tout votre être.

Ceint dans un petit ensemble en crochet très sexy, elle était là souriante en diable, raffinée et adorable. Un ange. Simple et naturelle elle était de tous les joyaux de l'endroit le plus pur. Il s'est fallu d'une fraction de seconde pour que je passe de vivant à mort, du Paradis des anges à son Paradis à elle. Du Paradis de la voir à l'Enfer de ne pas l'avoir. De l'Enfer de la voir si radieuse et inaccessible au Paradis d'être un instant en sa compagnie. Du Paradis de savoir qu'elle existe à l'Enfer de savoir que tout ou presque nous sépare. Un table dance n'est pas un endroit pour rencontrer quelqu'un, et encore moins pour tomber amoureux. Je le sais mais je sais aussi que je ne suis pas amoureux, l'amour fait souffrir, je sais déjà que je ne souffrirai pas. Je sais que je ne suis pas sous l'emprise d'un coup de foudre, j'ai conscience que l'impact va durer longtemps. Je me sens simplement en adoration de cette vibration, d'elle. De cette vibration, c'est une nuance importante, plus que d'une femme c'est d'une vibration que je suis tombé en adoration, de cette présence qu'elle a, de la grâce qu'elle dégage sans effort.

Parfois le temps n'existe pas, parfois il n'est pas nécessaire pour que les choses aient de la profondeur. Une simple intuition suffit, une intime conviction.

Je me sens Immortel. Je le lui dis. Je sais maintenant qu'elle existe quelque part sur la planète, rien ne peut plus m'arriver, plus rien n'a d'importance. Certes je ne la connais pas mais je l'adore déjà comme lorsque l'on reconnait une saveur que l'on aime. Je suis heureux, simplement heureux de savoir qu'elle existe. La Vie m'a offert à cet instant là le plus beau des cadeaux d'anniversaire pour mes 40 ans... Elle !

Elle est là, à mon côté, et alors tout s'accélère. Je tombe, je tombe, je tombe... Inexorablement, je tombe. Je ne cherche même plus à me rattraper. À quoi ? À quoi bon ? Je tombe en souriant. Je tombe au ralenti. Tout s'accélère encore. La chute est inévitable. Je tombe un peu surpris quand même, mais je tombe c'est une évidence. Tout est lent autour de moi. Une sorte de brouhaha enveloppe l'espace. Ma tête tourne un peu. Mes pulsations s'excitent. Je tombe. Je sens au niveau des genoux une certaine faiblesse. Rien ne va pouvoir retenir ma chute. Alors voyant comme je tombe je commence à rire aux éclats. Tout le monde. La chute est risible, si évidente. Je tombe, je tombe. Tout va si vite que mon esprit a du mal à suivre. Il laisse le contrôle aux émotions a priori. Au lieu de freiner ma chute mes émotions m'entrainent plus vite vers cet espace infini où je tombe sans arrêt. Mon cœur bat vite, trop vite. Il va exploser. Il explose, récupère, explose, récupère. Je tombe, ça y est, les genoux ont lâché. Tout le monde rit comme jamais. La tête dans les étoiles, le cœur en flammes et maintenant à genoux, je suis tombé en adoration, pour la première fois, de cette Déesse.

Elle sourit simplement, d'un de ces sourires qui vous prennent le cœur, qui vous décrochent l'âme. Mes amis sourient aussi, ils n'ont rien vu du coup de poignard, rien saisi de ma chute, ils ont juste vu l'ensemble en crochet, la naissance de ses seins parfaits. Ce sont des hommes face à une Déesse. Ils n'ont rien vu, tant mieux. Moi je sens le poignard planté profondément dans l'âme. Même si j'ai conscience de la démesure de cette idée j'attends depuis cet instant qu'elle vienne un jour me le retirer afin de pouvoir lui offrir ma vie. Elle viendra un jour, je le sais. Je le sens. J'en ai la profonde conviction. Et ce malgré ma situation, malgré la sienne, malgré tout ce qui nous sépare aujourd'hui. Rien ne peux entraver le Destin.

La Vie est telle qu'en venant retrouver l'amitié, j'ai rencontré l'Amour. Un de ces amours si grands qu'ils semblent inaccessibles mais ne le sont pas. Je le sais. Un amour qui rend l'impossible possible, qui annule la distance et suspend le temps. Un amour grâce auquel tout peut arriver. Un jour cette femme sera ma femme maintenant je le sais. Un jour...

LA FEMME DE MA VIE

Tout en marchant, j'explique à mes amis attentifs ce que je lui dirais si elle était là à cet instant, si elle lisait ce livre que j'envisage un jour d'écrire pour elle...

La femme de ma vie, j'ai toujours ardemment désiré vivre avec la femme de ma vie. Avec toi. Je veux vivre comblé, pas simplement heureux. Heureux je le suis déjà, seul. Je veux vivre avec toi qui es mon âme sœur, celle avec qui je peux parler de tout et avec qui je peux rester des heures en silence. Celle qui est ma femme, mon amie, ma complice, ma muse... Celle avec qui la vie est un rêve. Ma famille me dit que je dois rester réaliste, que je peux attendre longtemps avant de rencontrer une personne ainsi. Je réponds que je t'ai déjà rencontré, que je suis patient. Très patient. Mes amis me disent que je ne dois pas rêver. Impossible pour moi de ne pas rêver. On me dit que dans la vie il faut faire des compromis. Je ne veux pas en faire, je n'en vois pas l'intérêt. Je veux vivre avec toi. C'est simple. La vie est courte, je veux la passer à vivre avec toi dans l'Harmonie. Je préfère rester seul que de vivre une expérience incomplète. Je préfère partir que de rester. Je préfère être patient et prendre le risque d'obtenir ce que je veux réellement que de me précipiter comme tout le monde pour m'assurer un avenir moite.

La plupart de ceux qui me disent qu'il faut être raisonnable, qu'il faut cesser de rechercher l'absolu, ne vivent pas avec la femme de leur rêve, le mari de leur rêve, ne me connaissent pas. Ils vivent avec une version édulcorée de leur rêve d'enfant. La plupart restent ensemble pour les enfants, en dépit de leur désir réel de vivre avec quelqu'un d'autre, par peur de vivre seuls.

Je crois en l'Amour, au grand amour, à la possibilité d'aimer quelqu'un inconditionnellement. Même si mes parents ont très tôt tenté de me démontrer le contraire ; ils ont divorcé lorsque j'avais onze ans. Même si ma vie a été parsemée d'expériences incomplètes, j'ai toujours cru au grand amour et cherché à le rencontrer. Je sais qu'il existe. Je sais maintenant que tu existes. Je suis convaincu que je te reverrai un jour. Je sais que rien ne sert de te chercher, que l'on se retrouvera de toute façon. Je vais m'assoir sur le bord de la planète et la regarder tourner. Un jour inévitablement tu passeras à mon côté. Si tu t'y arrêtes-tu feras un homme heureux. Si tu continues ta route tu auras également fait un homme heureux rien que de t'avoir revue. Je ne veux pas te posséder, je veux te vivre. Ne serait-ce qu'une seconde de plus. Je t'ai promis de ne pas mourir avant de t'avoir revue. Je sais que je te reverrai. Ce jour-là je ne mourrai pas, non, je serai Immortel comme je le suis depuis le premier jour où nous nous sommes rencontrés, depuis ce jour où la terre s'est arrêtée de tourner, où je suis tombé en adoration de ta vibration, où ma vie à enfin pris un sens.

J'ai la chance d'avoir plusieurs exemples dans la famille d'un amour qui dure. Plus de cinquante ans de mariage pour les uns, plus de quarante ans pour les autres. Je n'en demande pas tant mais les envie en silence. Lorsqu'on les côtoie l'amour se respire dans chaque mot, chaque geste, chaque respiration. C'est beau à voir. Je veux ça. Je veux vivre ainsi avec la femme de ma vie. Avec toi.

En passant devant la guérite où se trouve la “Virgen de las Nieves”, la vierge patronne des marins, je me surprends à prier en silence que les choses changent pour tous les trois. Je prie pour devenir millionnaire et vivre un jour avec la femme de ma vie. Je prie sans être croyant mais je prie. Tous les moyens sont bons.

Au retour de la promenade sur les quais où de majestueux yachts sont amarrés, nous passons devant des bolides garés devant le News café. Quelques touristes se prennent en photo devant une Porsche Panamera et une Bentley décapotable bleue pâle qui nous ramènent une fois de plus à nos rêves de richesse. Un jour...

L'ANNONCE

Entrée du port de Puerto Banus, Marbella. La barrière me reconnait et se lève comme par enchantement lorsque j'entre avec la Bentley bleue pâle décapotable dans l'enceinte du port. Je me gare sans problème devant le News café à côté de la Porsche Panamera que je reconnais être celle de mon ami. J'ai rendez-vous avec lui. J'ai une bonne nouvelle à lui annoncer. Nous restons debout au comptoir, une vieille habitude. Deux verres d'Arzuaga volent vers nous. Nous trinquons aux retrouvailles. L'amitié vibre dans l'air. Cela fait plus d'un an que nous ne nous sommes pas vus, chacun est à ses affaires. Moi sur Paris, lui sur Marbella. Mon ami commence comme à son habitude à parler du marché immobilier et des opportunités actuelles en Espagne et plus précisément sur la Costa del sol. Je l'écoute pensif. Je lui avoue que certains cas peuvent être à étudier. Un autre jour. Aujourd'hui comme je le lui ai dit au téléphone, j'ai quelque chose à lui dire, quelque chose d'important. Vu ma mine sérieuse et triste lorsque je lui ai dit cela, je sais que mon ami s'attend au pire. Il me connaît, il sait que je suis capable de tout, même d'avoir fait une nouvelle crise et de m'être mis sur la paille. Même en étant millionnaire. Il me connait.

Je dis alors d'un ton monocorde puis excité :

- Je ne vais pas y aller par quatre chemins... Anna et moi, allons nous marier !

- Abruti, tu m'as fait peur ! ! Ah !, tu ne changeras donc pas ! C'est fan-tas-ti-que !

- La cérémonie aura lieu ici à Marbella, le reste des festivités chez nous à la

villa de Mykonos. Vous êtes évidemment invités. Ce n'est pas tout, j'aimerais que tu sois mon témoin.

- Je suis tellement heureux pour vous. C'est à peine croyable, si tu m'avais dit ça il y a ne serait-ce que deux ans... Bien sûr que je serai ton témoin.

Les larmes aux yeux, nous nous prenons dans les bras et nous donnons une forte accolade.

- Je t'avais dit que les rêves sont faits pour être réalisés !

- Je le sais, je le sais, j'y crois à peine... Une fois de plus tu me surprends... Quand tu m'as dit qu'un jour tu te marierais avec cette femme je t'avoue que je n'y ai pas cru, lorsque tu m'as dit il y a peu que tu allais la retrouver je dois reconnaitre que j'ai cru une fois de plus à une de tes folies. J'ai eu peur que tu fasses une autre crise. Mais raconte-moi, comment cela est-il arrivé ?

- J'ai fait un rêve.

LE REVE

Un jour, j'ai fait un rêve étrange.

J'ai rêvé que je me perdais. Littéralement. Perdu. Dans un premier réflexe j'ai regardé sous mon lit. Rien. Personne dans le salon, la cuisine, la maison... Je m'étais bel et bien perdu. Pas de vue, j'ai vérifié que j'avais mes lunettes. Non, perdu, perdu comme en haute-mer. Alors j'ai continué à me chercher. Je suis allé dehors, voir si j'y étais. Mais si j'y étais je n'y suis plus car il n'y a aucune trace de moi dans le jardin. J'ai quand même regardé du côté des pensées, je ne m'y étais pas perdu non plus. J'ai alors élargi la recherche et suis sorti dans la rue. J'en ai examiné tous les coins et recoins, personne. Je n'arrivais pas à me remettre la main dessus, moi qui étais lié avec moi-même comme les cinq doigts de la main ! ! Incroyable ! ! J'ai ouvert la porte d'un bar, juste histoire de vérifier, je sais que je ne traine jamais dans ce genre d'endroits. Que je n'y traine plus. Evidemment, personne. À part quelques clients. Il commençait à faire nuit et je commençais à avoir peur de perdre jusqu'à mon ombre ! Alors je me suis mis à courir, à chercher partout en ville. Efforts vains. Je prends la voiture et me dirige vers la mer. J'aime parfois m'y retrouver, seul. Une bonne piste. Des traces de pas sur le sable mouillé me font battre le cœur. Je cours derrière ces traces sans savoir si ce sont celles que j'ai laissées comme un indice. Menant au bout des pas, dans le crépuscule naissant, et face à une pleine lune montante j'aperçois une silhouette debout. Pas la mienne, mais je la reconnais. J'approche à pas feutrés comme pour ne pas l'effrayer. Parvenu à son côté, mon cœur bat la chamade, mes yeux brillent et je tremble un peu. Alors, je prends mon courage à deux mains et étreins la sienne. Une étoile filante passe alors dans le ciel. Elle sourit.

À ce moment précis, en la retrouvant je sais que je me suis retrouvé.

Au réveil, ma décision était prise, je suis parti à sa recherche...

LA RECHERCHE

C'est le moment, je le sens et puis ce rêve... Mon premier roman vient d'être un franc succès et l'argent est entré à flot de façon inespérée. Je vis maintenant sur Paris où j'ai récemment acquis un grand appartement à Montmartre, une façon de vivre près de mon éditeur qui vient de me commander un nouveau roman. Je suis en plein rêve.

Je suis comblé par la vie, enfin presque car quelque chose me manque cruellement : je ne vis pas avec mon âme sœur, avec celle qui me fait vibrer. Je ne vis pas avec la femme de ma vie.

Bien sûr j'ai eu des aventures depuis que j'ai quitté Calpe il y a déjà quelques années mais rien qui me fasse vibrer réellement, rien de comparable à ce que j'ai un jour ressenti. Cette femme, cette vibration... J'ai donc décidé que c'était le moment, le temps était venu d'aller la retrouver.

J'aurais pu le faire bien avant mais je sentais que ce n'était pas le moment, que c'était trop tôt. Bien souvent, il faut le dire, parce que je n'en avais pas les moyens. Maintenant les choses ont changé.

Avec les années, le temps s'est écoulé et le contact que nous avions peu de temps après St Martin s'est peu à peu dilué. J'ai son courriel, un compte Facebook pratiquement abandonné, et une adresse Skype peu utilisée. Peu de nouvelles depuis quelques années. Les dernières nouvelles que j'ai eues ont été qu'elle travaillait comme danseuse dans un prestigieux table dance de Moscou. Lequel, je ne le sais pas.

Je décide alors d'envoyer un courriel dans l'espoir qu'elle le lise. La réponse met du temps à venir, pratiquement trois semaines, mais un beau jour ma boite courriel m'offre une bonne surprise : un message ! Court, comme à son habitude. Elle vit maintenant à Lipetsk, sa ville d'origine, et y travaille comme traductrice dans un bureau. Intéressant. Comme à son habitude, elle ne dit rien de sa vie personnelle.

Il me faut moins d'une heure pour réorganiser mon agenda et prendre un billet d'avion. C'est décidé, je pars la retrouver.

Lipetsk est une ville des alentours de Moscou, à environ cinq cents kilomètres, une ville tranquille et sans réel intérêt autre que quelques statues et son fleuve Voronej. J'ai pensé que j'en savais assez, je me suis toujours dis que si la vie l'avait mise sur mon chemin, c'est qu'il y avait une raison. Je voulais voir jusqu'à quel point la vie était prête à me jouer des tours. J'allais me rendre à Liptesk et la retrouver. Une folie. J'aime l'idée. Je fonce tout en sachant que mes chances de la retrouver sont minimes, Lipetsk est quand même une ville de 500 000 habitants. Je prends un hôtel dans le centre et me mets donc en quête de celle qui donne un sens à ma vie.

Autant chercher une aiguille dans une botte de foin. Pour ce faire, je sais que je suis néanmoins muni d'un aimant, mon amour inconditionnel pour elle. Je suis confiant en la vie et sais que ce qui doit être sera.

Après une semaine de recherche, je commence à penser que mes amis avaient peut-être raison, que c'est une folie. Après deux semaines, mon éditeur commence à s'impatienter. À la fin de la troisième semaine et après avoir parcouru tout Lipetsk et demandé à chaque âme des informations sur celle que je recherche à l'aide de quelques photos je décide de retourner sur Paris.

Arrivé à l'aéroport en soirée, un contretemps me maintient au sol. Un problème est survenu sur l'un des moteurs de l'avion. Rien de grave. Ce ne devrait pas être long. J'en profite pour écrire un peu et me promener dans l'aéroport. Au guichet d'une compagnie aérienne, des Anglais parlent forts et se disputent avec l'hôtesse d'accueil qui apparemment ne comprend pas ce qu'ils veulent. Mon anglais étant acceptable et mon russe correct quoique relativement basique, je décide alors d'aider l'hôtesse dans sa tentative de résoudre le problème. J'arrive au niveau du guichet en même temps qu'elle. Moi par la gauche, elle par la droite. Absorbé par la situation je ne l'ai pas vue venir mais elle est là, face à moi, resplendissante comme toujours. Tout sourire. Mon cœur fait un bond, je reste muet. Il est des moments où la situation se passe de mots, où le silence est maitre. Je viens de la retrouver. Je la regarde, elle me regarde. On se reconnaît. J'hésite un instant et prends sa main. À cet instant précis, une étoile filante passe dans le ciel de Lipetsk...

CET HOMME LA

Deux ans ont passé depuis notre mariage, rien n'a changé. Nous nous rappelons notre rencontre à l'aéroport de Lipetsk. Incroyable ! Ce jour-là, j'ai eu la confirmation que tout est écrit, que notre destin dépend de l'attention que nous portons à nos désirs profonds.

Je voulais vivre avec la femme de ma vie, je voulais partager ma vie avec celle que j'avais connue un jour avec mes amis comme témoins. Elle est apparue. Elle n'est pas simplement apparue, elle est apparue au moment précis où j'ai cessé de la chercher. Comme toujours. La vie nous offre toujours ce que nous recherchons, ce qui correspond à notre plus ardent désir de la façon la plus inattendue. C'est écrit.

Elle ne m'a pas cru il y a quelques années lorsque ce soir-là à St Martin, je lui avais dit qu'elle était la femme de ma vie. Elle avait simplement souri. Elle ne m'a pas cru lorsque je le lui faisais savoir par le biais de courriel enflammés. Ce jour-là, à Lipetsk, elle l'avait compris. Tout est devenu évident. Evident comme la vie parfois.

Elle en avait parlé à ses amies. Elle avait pendant des années pensé que cet homme excentrique arborant sur son t-shirt un « carpe diem » avait quelque chose de différent. Ils s'étaient vu trois soirs, cela faisait presque cinq ans maintenant. C'était au Platinum. À l'époque où elle y travaillait comme danseuse exotique. Il lui avait donné son courriel pour lui laisser le choix à elle de rester en contact avec lui ou pas. Peu commun.

Il lui avait dit et répété que de toute façon il savait qu'elle était la femme de sa vie, que l'avenir le lui démontrerait. Ce qui avait plutôt bien commencé avait vite tourné court. Au quatrième jour après s'être rencontrés, il l'avait laissée en plan un soir alors qu'il avait promis de la récupérer pour l'amener au restaurant. Comme ça, sans explication. Etrange. D'un seul coup, il a disparu. Plus une trace, il n'est plus passé au Platinum. Ni lui, ni ses amis d'ailleurs. Intriguée par les faits, elle avait fini par envoyer quelques mots qui se sont convertis en une relation particulière. Bien sûr, elle a ressenti quelque chose de spécial ces jours-là mais il était complètement ridicule de penser que ce pouvait être de l'amour. Tout les séparait. L'âge, le lieu, la langue, tout. Leur seul point commun était cette complicité qui s'était tout de suite installée, cette connivence naturelle, cette sensation étrange que l'on connait déjà l'autre personne. Si ce n'était pas de l'amour, cela pouvait être de la curiosité.

Au fil du temps il lui a écrit par la suite des courriels enflammés, des courriels de rupture virtuelle, des courriels de réconciliation. Il vivait dans son monde, fantaisiste, elle dans le sien, réaliste. Il lui expliquait la profondeur de son adoration inconditionnelle pour elle, elle luttait pour survivre. Il vivait à des milliers de kilomètres de distance, et elle était à des milliers de lieux de s'imaginer un jour avec lui. Cet homme avait néanmoins quelque chose de différent, elle le sentait. Il était fou, amusant. Il lui promettait, non de lui décrocher la lune mais de l'emmener bien au-delà au milieu des étoiles. Il lui disait qu'il lui dédiait sa vie et qu'un jour il écrirait leur histoire. Il s'exprimait trop, mais s'exprimait au moins. Elle en avait marre de ceux qui ne savaient que lui dire combien elle était belle, de ceux qui voulaient l'acheter avec leur argent.

Il fallait avouer qu'il était différent, sensible. Elle a maintenu la relation quelques années, répondant brièvement à ses courriels, exactement jusqu'à ce qu'elle revienne travailler à Moscou. Cette année-là, elle décida de couper les ponts. Elle en avait marre de cette relation sans queue ni tête. Il lui envoya quelques courriels qui restèrent sans réponse. Il lui envoya alors un dernier message lui disant qu'il respecterait alors son silence et cessa d'écrire, lui expliquant qu'il était convaincu que si les choses devaient arriver, qu'elles arriveraient un jour. Il parlait comme ceux qui ont quelque chose dans le cœur. Elle aimait ça.

Elle avoua que sa surprise fût grande lorsqu'elle reçut ce courriel. Elle décida de lui répondre. Plus par curiosité, pour savoir ce qu'il était devenu, que par réel intérêt. Ce jour-là elle ne savait pas encore qu'il avait fait un rêve étrange, qu'il avait décidé de la retrouver.

CALPE

Calpe, Alicante. Après un temps passé à errer à Marbella à la recherche d'un travail et d'un toit, je suis revenu ici pour y faire le point sur ma vie. Retour aux sources en quelque sorte. Calpe...

Je suis seul dans la grande maison que mon oncle et de ma tante ont ici depuis des années. Toujours là lorsque j'en ai besoin, ils sont comme mes parents. Ils m'offrent leur amour sans condition et m'ont enseignés au fil des ans la valeur des choses simples, la valeur de la vie. Généreux, ils m'ont confié les clés de la villa pour le temps que je le souhaite, le temps dont j'ai besoin pour refaire surface.

Je suis le seigneur du château !

Depuis le balcon, je contemple le village et la mer au loin. Tout est calme. De ce point reculé de la colline on entend à peine les pétards et feux d'artifices des fêtes de Moros y Cristianos, fêtes traditionnelles de ce mois d'octobre. Je me sens loin du chaos, loin de la meute. Je suis bien. Réellement bien. Même si la sirène d'une ambulance rompt parfois le silence en allant précipitamment vers sa destination, il n'y a aucune urgence. Aucune urgence.

Pas de réelles contraintes de temps, ni d'argent. J'ai deux gros mois devant moi avant de travailler la prochaine saison et, grâce à quelques petits reportages que j'ai faits sur Marbella, de quoi vivre chichement mais bien d'ici là.

Heureux de les revoir, je rends parfois visite à mes amis dans le village le temps d'un café, d'un déjeuner, parfois simplement le temps d'une discussion avec mon ami de la Fragata, une façon de briser la routine du quotidien, puis je retourne dans mon nid d'aigle.

Je me déplace à pied, je n'ai pas les moyens d'avoir une voiture, même de location. Je n'en ai et n'en veux pas de toute façon, pas pour l'instant.

Je me sens en pleine forme, en pleine santé, plein d'une énergie débordante générée par mon nouveau projet : écrire.

Seul à la maison, je profite pleinement de l'instant présent. Intensément. Je dors peu, consacrant beaucoup de temps à la lecture et à l'écriture, mange peu et à heures décalées. Pas vraiment faim.

Je passe par des phases de jubilation, des phases de doutes. Je me sens un génie, un incapable. Bref, j'écris et je me sens heureux, vivant, moi.

Je me laisse inspirer par le vent, le soleil et porter par les mots. Pris par la magie de la création je me sens presque euphorique. Presque euphorique.

Sans être réellement écrivain mais prenant beaucoup de plaisir à jouer avec les mots depuis des années, j'ai décidé d'écrire un roman : mon premier roman. Un livre qui va parler d'amitié, d'amour, de la vie et d'une certaine façon de ma maladie, mais surtout qui va parler de la façon dont les rêves se réalisent. Il va inviter à rêver haut et fort, à croire en son destin et en l'amour.

J'ai déjà tout prévu, quand je l'aurai terminé je le présenterai au père de mon ami, il a déjà écrit des dizaines de livres et travaille chez un grand éditeur. Il pourra me donner un avis professionnel et certainement quelques conseils avisés.

J'ai de grands projets... Je veux écrire un best-seller ! Rien de moins ! Je veux le faire publier dans toutes les langues. En russe, en espagnol, en anglais...

Il sera évidemment dédié à la femme que j'aime, à la femme de ma vie. En hommage à tout ce qu'elle me fait ressentir jour après jour. À elle qui m'inspire, qui est ma muse. À elle, cette grande absente à ce jour. Bien plus qu'un simple livre, ce sera une déclaration d'amour, ma déclaration.

J'en parle à mes amis, à ma famille, aux inconnus, j'en parle beaucoup. Aïe !

Profitant de cette magnifique après-midi d'Automne, j'installe mon Mac Book Air sur la petite table basse design du Champ', un petit bar à champagne tranquille, situé face à la mer. Parfait.

Seul en ce lieu, accompagné simplement par une coupe de Veuve Cliquot et quelques amandes salées, j'analyse mon passé, mon présent, visualise une vie de millionnaire imaginaire et commence à choisir des mots, des lieux, des personnages...

Je souris à la vie, et profite pleinement de cet instant magique de création, de l'élan de la solitude créatrice. Je suis heureux. J'ai tout mon temps pour créer, pour rêver, pour écrire.

Un réel luxe. Une vie de millionnaire...

Alors, je commence à écrire...

Ils sont entrés dans le bar avec la mine de ceux qui craignent le pire. Ils m'ont parlé le plus normalement possible, puis m’ont conduit gentiment à l’entrée en me tenant par le bras, avant de me pousser violemment à l’arrière de la voiture qui attendait garée devant, moteur allumé. Claquements de portes.

Précipitation. Mon ami reste à mon côté pour s'assurer que je ne cherche pas à m'échapper. Mon amie conduit, c'est son rôle. Sur le siège de droite se trouve ma compagne qui se retourne toutes les deux secondes comme pour vérifier que je suis toujours là. Il fallait faire quelque chose. Il le fallait. Je décide de ne rien tenter, de leur faire plaisir, de bien me comporter. Ils semblent tellement soucieux. Soucieux pour moi. Je m'inquiète pour eux, comment en sont-ils arrivés au point de décider de me kidnapper ? Un bref trajet parcouru à toute allure. Une porte s'ouvre pour me laisser sortir, on me tient toujours par le bras pour ne pas me perdre. Un regard autour de moi, je suis aux urgences.

30357019R00087

Printed in Poland
by Amazon Fulfillment
Poland Sp. z o.o., Wrocław